何紫散文精選集

【經典書房】

何紫 著

山邊出版社有限公司

認識何紫

何紫（一九三八——一九九一），原名何松柏，廣東順德人，香港著名兒童文學家。「山邊社」創辦人，「香港兒童文藝協會」創會會長。幼年時隨母自澳門來港，在香港完成小學及中學課程。畢業後曾任教師、《兒童報》編輯、《華僑日報》副刊編輯、《幸福畫報》特約撰稿人，何紫一直在香港多份報刊上撰寫專欄，同時致力於兒童文學的創作與研究。一九七一年辦兒童圖書公司，一九八一年創辦山邊社，一九八六年創辦《陽光之家》月刊，出版主要面向校園，為幼兒到大專學生出版普及性的課外讀物，廣受歡迎及好評。

何紫著作甚豐，作品結集有《40兒童小說集》、《26短篇童話集》、《我的兒歌》、《童年的我》、《如沐春

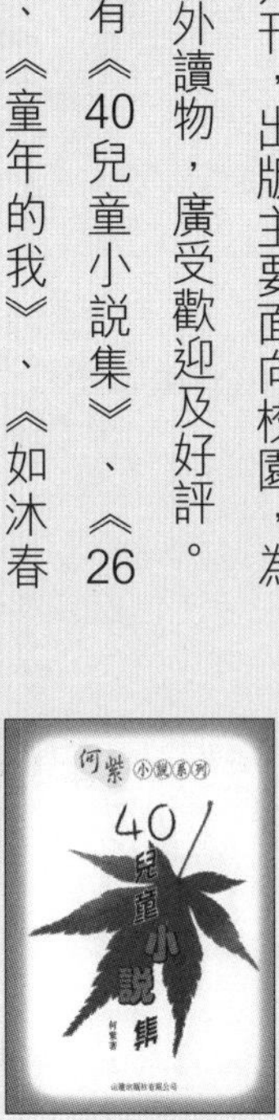

《40兒童小說集》

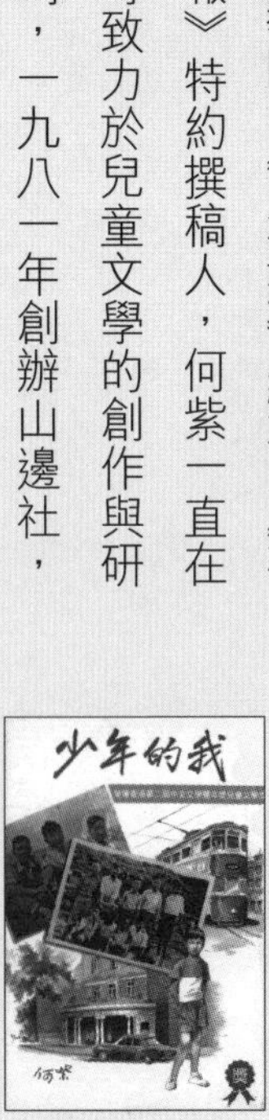

《少年的我》

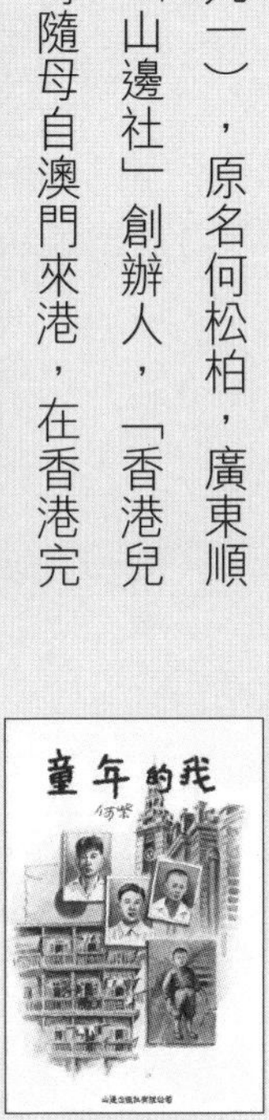

《童年的我》

風》等三十餘種。其中小說《別了，語文課》獲評選為全國紅領巾推薦讀物；《童年的我》在一九九一年的「中學生好書龍虎榜」選舉中獲選為十本好書之一；《少年的我》於一九九三年獲得第二屆香港中文文學雙年獎（兒童文學組）；本書於二〇一八年獲得第十五屆「十本好讀」（小學組）。

一九九〇年杪，何紫得知身患癌病，治療期間仍勤於寫作，以有限的時間，追尋未完的志願，為廣大的讀者獻出他最後的心血結晶，後期病情轉趨沉重，終於一九九一年十一月辭世。這段期間的作品有《我這樣面對癌病》、《給中學生的信》，童話故事有《豬八戒找工作》、《親親地球》、《國王的怪病》、《王子的難題》等等。

《我的兒歌》

《王子的難題》

《給中學生的信》

序

爸爸寫的散文許多都是曾發表於報章專欄，其後結集成書的，他的散文著作出版過約十本，題材內容廣泛，我們精選文章時，先按內容分類，而收錄於本書的文章主題，乃關於何紫對昔日香港的抒懷，以及他對閱讀、寫作和出版的一些見解。文章選自我父親不同時期的五本作品，包括《可以清心》一九八二年初版、《那一棵榕樹》一九八五年初版、《如沐春風》一九八七年初版、《心版集》一九九三年初版和《何紫情懷》一九九三年初版。《心版集》和《何紫情懷》寫於他生命的最後一年，是他一九九一年逝世後留下的遺作。

你也許可以在本書找到香港人的集體回憶，我爸爸三歲時因戰爭從澳門逃難到香港，大半生在香港生活居住，童年成長於上世紀四十年代的香港，家住灣仔區，因而寫了多篇抒發他對舊灣仔的情思，還有文章記述了昔日銅

鑼灣、金鐘、淺水灣、太平山等香港地方的面貌。

爸爸長大後，由六十年代當小編輯，到七十年代當作家，至八十年代創辦出版社，他個人事業發展之路，正體現了獅子山下的香港精神，是那個年代香港人艱辛努力的寫照（見內文篇章《寫作之路》）。爸爸作為文化人，他筆下反映出過去香港的社會現象和文化面貌，加上他坦率而赤誠的寫作風格，讀者可以從他的個人生活經驗和感受中，吸取前輩的人生智慧。我從他的散文領悟到的道理俯拾皆是，例如他曾寫：「現在社會訊息傳遞有很多途徑，似乎不讀書還可以擁抱世界，但是，感情的冶煉，沒有書，他的生命一定會易於枯竭。」看來這道理放諸三十年後的今天仍準確。

此外，本書有三篇文章的節錄部分，曾獲選用為「香港學校朗誦節」比賽誦材，包括《舊日的校園》、《不是你們的孩子》和《千里明燈》，我相信文章獲垂青，是由於爸爸寫散文時注重用字的音韻。爸爸曾表示：「我讀散文是用心讀的，一字一字的讀，才嘗到散文音韻之美。因此我寫散文，總愛一邊寫一邊讀，寫完了又慢慢讀一兩遍，凡蹺口的都大刀闊斧刪掉。」他又認為：「好的散文，每小段都可堪咀嚼，裏邊有事，有意，有情，配合了寫作人的風格，融溶有度有節，會成為動人的小曲小唱。」（出自《如沐春風》原書序）。這些都是爸爸能寫出優秀散文的一些準則。

何紫薇

二〇一七年五月一日

目錄

香港·舊貌·情懷

舊灣仔抒情

閱讀・寫作・出版

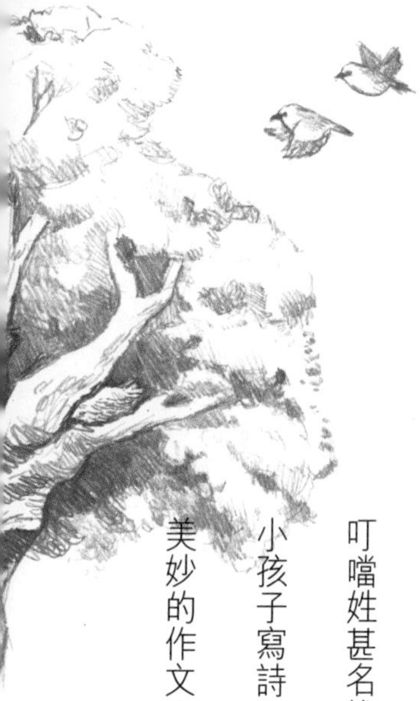

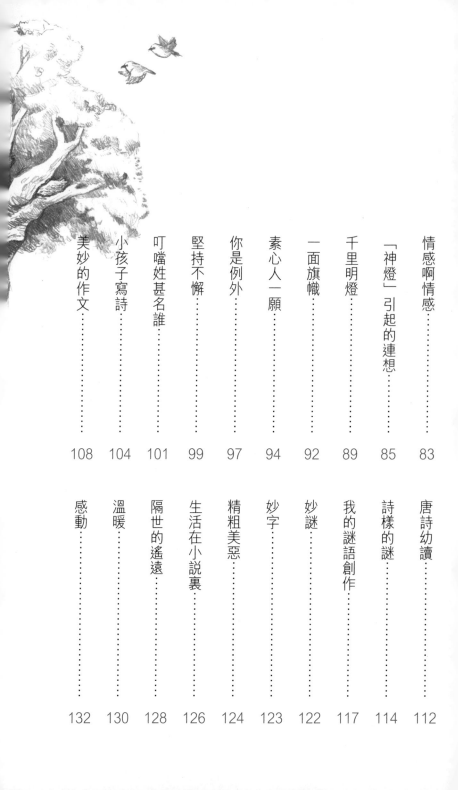

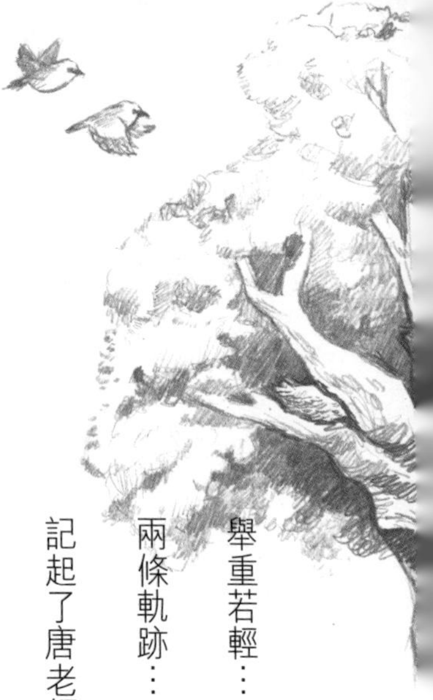

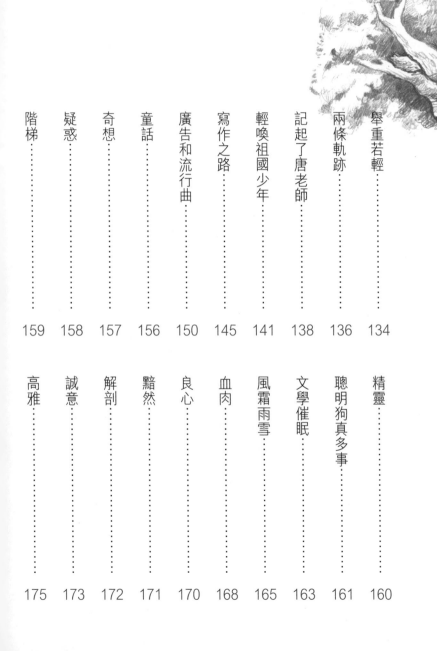

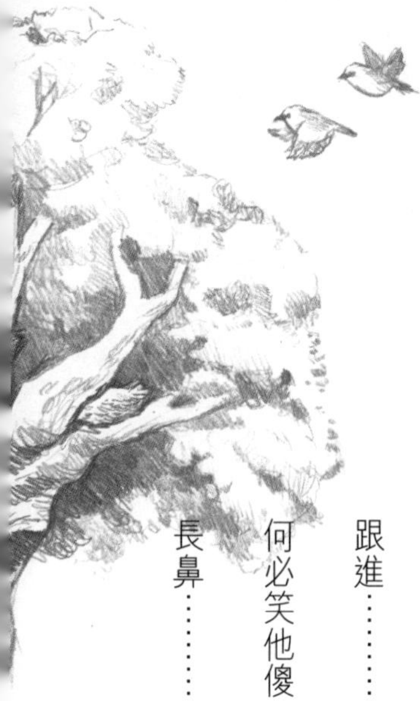

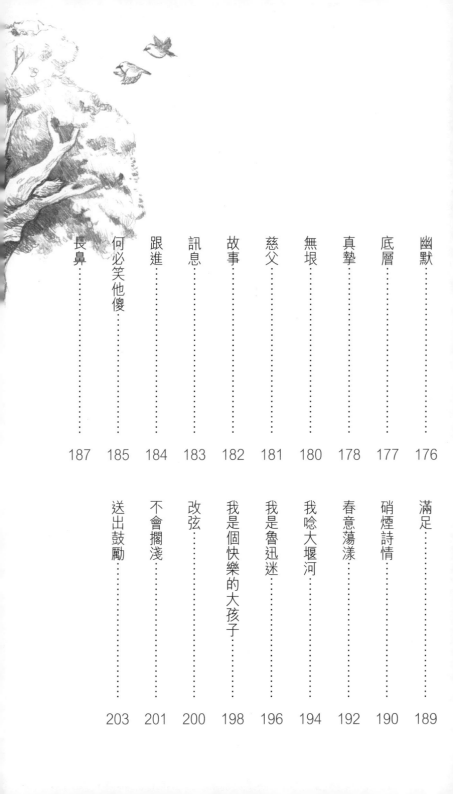

香港・舊貌・情懷

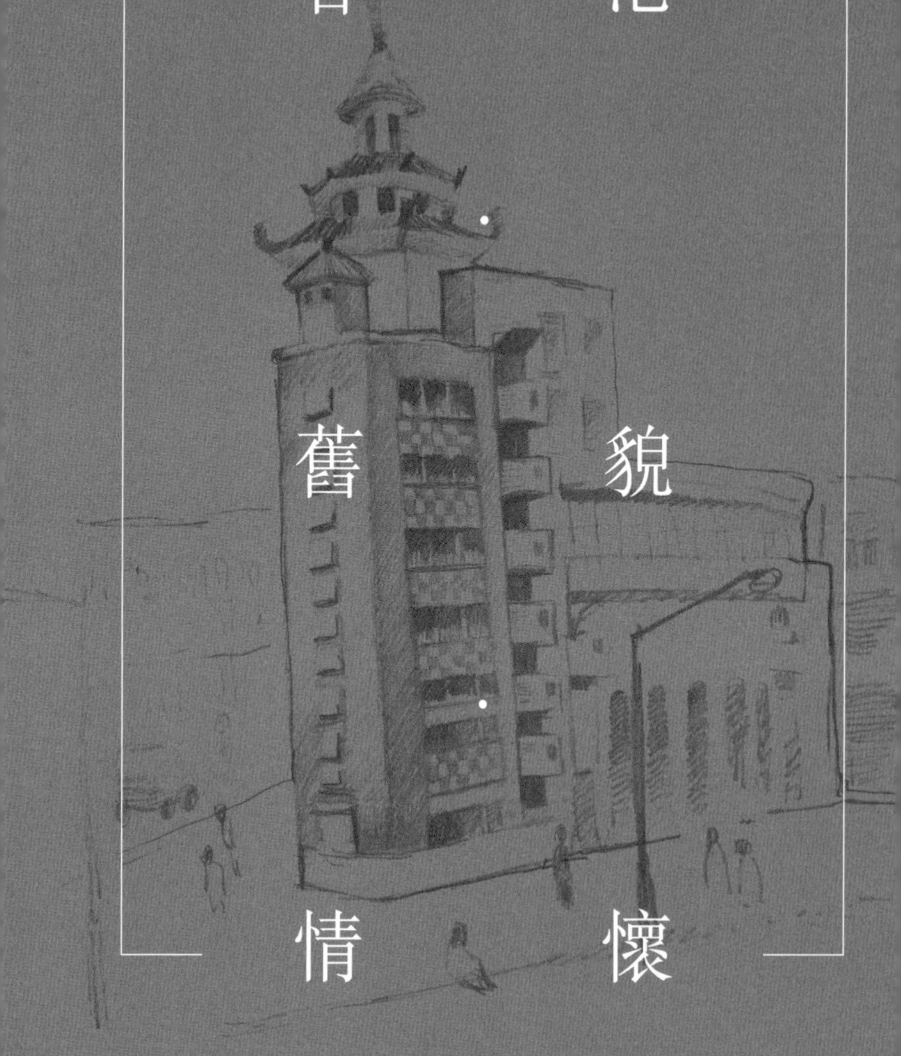

舊日的校園

我又重臨舊日的校園了。星期天站在空蕩蕩的學校球場上，看看隔遠的沙地，小麻雀三兩，我可以站上一小時，看着小麻雀啄着沙，牠們有時側着頭看，我像一尊石像，不動，也不敢動，怕打擾牠們。小麻雀，你可知道這兒就是我童年時可以徜徉一個周末的地方嗎？每一勺沙彷彿都是曾伴我的一首兒歌、一篇童話。沙真好玩，可以砌城牆，可以挖隧道，可以捉幾隻螞蟻來，看牠們在「浩瀚的大戈壁」上蠕動，童年時玩得多麼愜意，哪裏是現在的電子遊戲機可以相比？

離開了球場，信步進校舍，站在那靜靜的長廊一端，像處身深山裏的禪院，靜趣中彷彿蘊藏了禪機，能洗滌心靈。站在一個夢中曾見的課室門前，課室自然是空空的，但我彷彿聽見一再傳來銀鈴般的迴響，是李志剛？是張小玲？還記得她因為蠶寶寶僵硬了哭了好半天，我和志剛一邊安慰她，一邊給蠶寶呵暖氣，沉吟着：「牠能活過來，牠能活過來！」如今，張小玲呢？去年才知道她留下一個五歲的女兒，獨自躺在沙嶺的一坯黃土下。志剛呢？中學時收過他一張從霧都寄來的名信片，一晃廿年，渺無音訊。不過，可以告慰的是：那時候在教壇上踱步的陳主任，還不時可以看見她，老而彌堅。

徜徉：閒遊，安閒自在地徘徊。

紅棉的偏差

唸中學的時候，最喜歡校園那一株高高的木棉樹。最先是在生物課教師的導引，當他講解到花與蕊那一課，剛巧是木棉花墜落的時候，教師鼓勵我們去撿拾，然後在課堂上一一為我們剖析。從此，我對木棉樹開花就有一份感情。

現在，木棉樹又開花了。我以為最先開花的大概是般含道與興漢道交界那一株，它是長在幾株木蘭之間的，也許因為旁邊沒有高樹，所以，它就少了那份爭做英雄的氣概，樹不高，但我留意到，每年花園道一帶的木棉樹仍在藍色天空間擎着禿枝像在冥想的時候，興漢道口那一株就有紅花吐露了。這一帶學校林立，我想也許是學校生活的節奏催趕着它。不是麼？若它不趕在復活節假期前開花，就少聽到一些兒童的讚美了。

木棉與香港的學校生活一直是此唱彼和的。春季入學開始，木棉樹就以滑溜

溜的潔枝等待，等到紅花吐豔，是鼓勵會考生好好準備了，也是學校中段考的時刻……一直到木棉結籽，棉花飄絮，就是校園驪歌漫起，薰風吹拂的時候——那也是挺有意思的，教師又送走一批畢業生，看着他們，恰似瓢絮的棉籽，木棉樹像為年輕人祈禱：願他們在不同的土壤裏，綻出枝枝新芽。

奇怪的是木棉樹開花的時候，樹枝仍是禿禿然自甘簡陋，而紅棉也有一股怪脾氣，不相信「牡丹雖好，仍需綠葉扶持」那一套。這一點又彷彿是今日青年學生的心態。我總覺得他們比上一代似乎更輕易沾一點孤傲，有時為強調自我而我行我素，這一點，在禿枝上傲然放苞的紅棉，似乎「吾道不孤」了。

過多的孤傲僻冷，未許不是與這社會事事講求競爭有關。不過，就性格的培養與氣質的鞣煉來說，孤傲其實是有偏差的。我想，大抵最好的方法，就是等那木棉結籽的時候，拾一些給他們看——年輕人，你看木棉飄絮，悠悠輕盪，為的是把小小的棉籽遠遠地送出去啊。如果沒有和風吹送，沒有薄絮乘載，那棉籽哪能飄遠，在新的土壤上再萌新芽，再結飽滿的果實呢？

去探望牙香樹

那天假日，孩子好不容易考完了一個試。我說，到郊外什麼地方去玩玩吧。但他們都搖頭，說：「天氣很熱哪，出一身汗，不好。」他們自有主張——到尖沙咀逛百貨公司去。

那些新建的購物中心，儼然一個全天候的觀賞遊樂勝地，只要不管那些物品的價錢標簽，也真可以樂而忘返的。孩子們蹦蹦跳跳，玩具部，精品架，童裝角……溜前繞後，看來看去，似乎都看不夠。我跟着走，就此明白：燦爛的陽光，比不上商場的空氣調節；綠草紅花，不及窗櫥的百貨紛陳。只是，徜徉其中，大自然的呼聲遠了。

回程，在碼道附近，帶孩子進政府刊物銷售處裏，買了三本小冊子，一本是《大埔滘自然教育徑》，一本是《八仙嶺自然教育徑》，還有一本是《北潭涌自然教育徑》。我們來到對着海面的椅子上坐下，翻看着大幅圖畫的旅行指導小冊子，翻到一頁：「牙香樹」。我說：「看呀，香港所以叫香港，就是這種樹引起的。從前，人們在郊外採集這種有香味的木頭，集中到尖沙咀這兒，又用舢舨運到香港仔，然後轉運到廣州去。因為，這港口集散牙香樹的香木，所以，就名為香港了！」孩子們搶着要看書，還問：「北潭涌自然教育徑在哪兒？我們要去看，要探望牙香樹！」

海面對着藍天白雲，碧山綠水，大自然彷彿在低聲呼喚，那聲波也許異於尋常振幅，你得以心靈聆聽。我說：「今天太晚了，下次吧。」記得那裏還有一簇簇喜悅，一葉葉清翠，鳴蟲多好客，綠草也深情。好了，自此約定，每逢假日，毋需接受百貨公司的商品拋來的媚眼……

晚唱的喜悅

都市的塵囂在膨脹，自然之聲漸漸不容易聽到了。那天黃昏乘地鐵在九龍塘窩打老道出口鑽出來，卻得到好一陣意外的喜悅。真的，很久沒有遇到一個如此美妙的傍晚了。我以後若有事到九龍塘，當盡量再選擇黃昏——甚且，就找一個假日，帶領家中的小豆子，在黃昏日落時，來地鐵站這個出口，一起來分享這份喜悅。

說了半天，還沒有好好形容這得來容易的美妙感。喏，就在公共汽車站不遠處，有一棵高大的喬木，雖是冬日，幸是南天，葉子是那樣的茂盛，扶疏的枝葉間，分明有好幾個大鳥窩。這個時候，在暮色間，一羣飛鳥縈繞樹上，啾啾啾啾的叫個不停——百鳥投林，久違了啊，這麼一個向晚的自然景色。

歸鳥噪枝頭，在詩歌裏聽詩人詠過，在攝影家的光影藝術裏欣賞過。在版畫

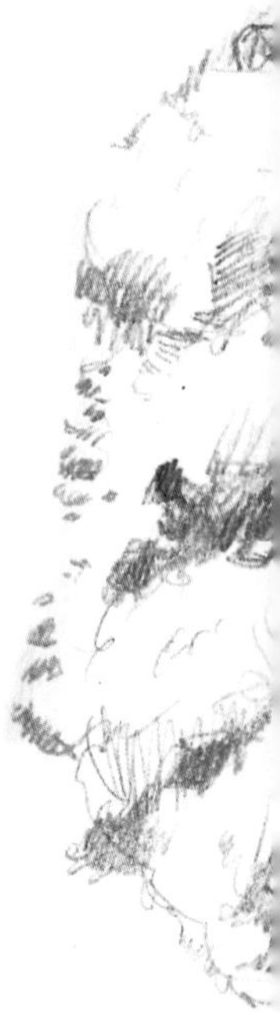

家的作品裏先前見過一幅雕刻畫，作者用三分二個畫面表現一株參天大樹，枝葉濃的以疏密有緻的黑影子來表示，白光從影子間透出，然後，另外一個三分一的畫面，是羣鳥撲翅的剪影，這靜態的畫面，泛出動態感，還彷彿可以聽到鳥噪不停哩。

我又曾聽過一個口技家，運用他巧妙的嘴與舌，摹仿百鳥歸巢的熱鬧，維妙維肖。還有一匣錄音帶，我聽過不少次，播出一個出色的樂手以一管嗩吶，重現野外百鳥投林的景象。

但是，欣賞藝術家們的諸般摹描，也不如找一個向晚時分，站在一株布滿鳥巢的大樹下靜聽歸鳥齊唱「黃昏好」更為美妙吧。

如果我是公冶長，也許會聽到九龍塘那株大樹上每個黃昏絮絮不休的鳥兒說些什麼，大抵在說：

今天天氣樂哈哈，
蟲豸好吃滿嘴巴；
但見人車齊爭路，
何不向天看晚霞？

口技：一種雜技，運用口部發音技巧來模仿各種聲音。
公冶長：孔子的弟子、女婿，據說能聽懂鳥語。

銅鑼灣那一棵榕樹

那天我呆立在銅鑼灣紀利佐治街口，看着一棵大榕樹怎樣被推倒，怎樣被撬走，怎樣被剷平根部，又怎樣被蓋上水泥，從此湮沒。

這榕樹我是十分熟識的。少年時，這兒是渣甸倉庫近海邊的地方，我因為有一個小朋友是住在渣甸倉的宿舍裏，所以我常常來玩，來看燒午炮，又常常拿一個藤書包來，在書包裏放些石頭，放些蜆殼，然後用繩捆縛着挽手柄，讓藤書包留一條縫，然後就在這列榕樹的海邊徜徉一個周日——書包扔下海去，我們就不管了，在岸上玩擲石片打水圈遊戲，玩了好一會，我們就去拉繩子，把書包拉上來，這樣，書包裏總有些來不及逃跑的小鱲仔、小林哥魚，或者小泥鯭……當年時的快樂時光，海邊一列榕樹是和我們一起度過的。

後來填海了，記得一個大抽水機連接岸上一條大帆布喉管，水底的沙、石、貝殼都被吸上來，榕樹四周堆滿沙土和貝殼，我和朋友們拿着藤書包去撿拾貝殼，多得不得了，要多美有多美，我特別喜歡一種磨光了的貝殼心，只要滴一點醋在貝殼上，那貝殼就會在地上慢慢蠕動，我們叫它做「醋龜」……這些童年時的玩意也是常在榕樹下玩的。不久，海邊變成「內陸」，又出現了一塊因填海形成的土地，就是後來的維多利亞公園了。

我是看着這些榕樹凋零的。本來很多的，一棵一棵的被剷去了。後來，銅鑼灣全變了，百德新街崛起，又有珠城大廈，這樣，海濱的榕樹都差點兒沒有了，只餘下兩棵吧，如果沒有記錯，就是紀利佐治街的兩棵——現在，只餘下惠康公司門前的一棵了。古人說「滄海桑田」，那該是幾百年的光景。現在，剩下的一棵榕樹可以作證，「滄海桑田」僅是十年廿年的事。

午炮：早在一八四一年，英資機構怡和洋行購得銅鑼灣海邊的港口土地，每當有大人物經此港口到達或離開香港時，便會鳴炮致意。有說後來一名剛到香港的英國海軍高官不滿這個做法，因為鳴放禮炮通常用作向軍人致敬，於是「懲罰」該機構在每日正午鳴炮，至今仍有鳴炮活動；也有說正午鳴炮是為了報時，提示當時的工人已到正午了。

莫非如是

有朋友自外地來，帶他到太平山頂上，進入那已摩登化了的「老襯亭」，鳥瞰香港風景。朋友懂一點「半鹹半淡」的粵語，卻不是廣東人，他咀嚼着剛才我說的「老襯亭」三個字，問道：

「是襯衣的『襯』嗎？『老襯』是吃虧的意思嗎？」

我想了一下，找不到一個普通話近似的語彙，只能說：

「差不多了，大概是受騙了的意思。」

「哦？那麼『老襯亭』即是受騙人的亭子了？」

這真是說來話長。香港什麼時候人與人的關係，常常會是騙與被騙的關係呢？騙人的花樣又層出不窮，於是，就出現了一句感慨萬千的話：「從扯旗山頂望落嚟，都是老襯！」而這個山頂上的亭子，順理成章，就名之為「看老襯亭」，漸漸，嫌「看」也不必，大抵看人者也有被看的機會，就鑄成「老襯亭」這個名。

友人聽了，忙從口袋裏拿出小冊子，一邊寫什麼，一邊説：「有意思，有意思！」我見他認真地寫，心裏就矛盾起來，因為朋友從遠地抵埗不久，我還沒端上這兒的好東西，就自揭瘡疤了，真怕他聽了我的話，先入為主，從此就帶着成見去看這個瑕瑜錯雜的香港。我急着思索該補充説點什麼，卻見他微笑道：

「這是一句凝聚了哲理的民間語罷。我覺得這話像佛偈。」

我聽了一怔。

「從山上往下望，凡塵之世，誰不是受騙的人？」

他的演繹，我感到新鮮了，還覺得果真有佛家的蒼涼、悲憫。

「從『看老襯亭』到省了一字成『老襯亭』，也是悟性了。以為冷眼旁觀麼？其實自己也是一分子。看人受騙麼？也去騙人麼？到頭來自己也是被蒙騙了，大千世界，莫非如是。」

我聽他低聲沉吟，覺得剛才我的話，大約觸着了他心底的什麼了。但他又微

笑看我，說：

「我是解釋此地的民間語，並非我的人世觀。既然同處一室，其實也沒有旁觀者。只是，我來到香港，看大廈高聳，車水馬龍，街上盡是匆匆的忙碌人，似乎每人每分每秒，都在發展自己的才智。那麼，從太平山頂往下望啊，應該盡是聰明人才對吧？為什麼反而自嘲，說都是『老襯』呢？這一點，真要好好研究、研究一下。」

我聽了，默默無語。剛才還怕自己一句話產生誤導。可是，我的友人，才來了不久，卻似乎對此地看得比我多、比我深。他連着說「研究、研究」，我只能點頭又點頭了。

偷渡

告訴朋友我是偷渡抵香港的，友人驚異。說來那是五十年前的事。因為葡國於第二次世界大戰與納粹德國同一陣線，作為同盟國的英國，即與軸心國成員葡萄牙對敵，澳門與香港有一段短時間而不通航，但是，只需花點錢，有爛仔照應，還是很容易兩地偷渡。我就是在這特殊情形下，母親用襁褓孭着才三個月大的我，達到香港。

讀薩空了著述的《香港淪陷日記》，才知道住在九龍的人，也曾經要偷渡始能到達香港。一九四一年底，香港政府突然宣布，香港可以自由過九龍，但由九龍過香港，普通市民必須到亞士厘道西青會旁門領通行證，這條長龍一直水洩不通，急着過香港的人就去找偷渡的途徑，有「嘩啦嘩啦」的小汽艇強渡維多利亞海峽，每人收費五元不等（五元當時便相當一個信差的月薪）。

血案

一本叫《香港淪陷日記》中，作者薩空了當時直擊幾個血的場面。其一是皇后大道西近太平戲院即今日創業中心那裏，設有日本兵哨崗，他從附近一層樓房上目睹一個一個人過路時要向站崗的日軍鞠躬，其中一個不知為什麼心裏一慌，忘了脱帽，日軍罵句「白格移偌」就舉槍，那人更慌着奔跑，於是子彈就射進胸膛，倒在地上。又在西尾台附近，見日兵射殺一長衫馬褂男人，這人死在路旁，就有路人剝走死者的衣服，又有人張開死者的口，撬去口內幾枚金牙……在藍塘道，一個日本留學生因為懂日文，在搜屋時幸保性命。日兵還告訴他隔屋屋內有米，叫他去抬一兩包留着自己吃。留學生隨日兵過去看看，嚇得面如土色，原來橫七豎八的屍骸躺在客廳地上……

陷落

薩空了先生是蒙古族人，一九〇七年三月生於成都，是個著名報人，香港淪陷前他在香港辦《立報》。一九四九年以後，他曾當全國新聞總署副署長和出版總署副署長，擔任過《光明日報》、《人民畫報》、《民族畫報》總編輯。《香港淪陷日記》是一本約十萬字的小冊子，一九四六年進修出版社在香港印行，我曾擁有一本，後來友人輾轉傳閱，就此失蹤。一九八五年北京三聯書店修訂重印，我在香港三聯書店的「新書介紹桌」上發現，如重遇散失多年的友人！本書珍貴的地方，是從一九四一年十二月八日——太平洋戰爭爆發後日軍開始進攻香港該日起，即每日記錄，頗為詳細，一直到一九四二年一月二十五日作者退出香港，歷時四十九天。

尋幽

「香港山水」實在有鼓吹和研究的價值，其一是自然景色，其二是新建築林立的通衢大道，後者何止於建築藝術，內裏的室內廣場，有特色的商店和現代化裝飾等，都可供尋幽探秘。建築與自然環境的結合，加上天橋環抱，海灣相伴，都美得交關！文藝工作者用筆、用語言、用音樂、用油彩以至用光、電、舞台等等，充分來表現之，一定使香港山水更顯明耀目，教人鍾愛。香港旅遊協會優為之，出版幾套以彩照配得美輪美奐的「香港山水」如何？作家會亦優為之，以優美文章結集，細訴衷情，寫盡香港景色美態。或者舉辦一個大型音樂會，名為《香港香港》，請作曲與作詞家合譜新曲，唱出一個璀璨的明天。「香港是我家」，這個家無需「敝帚自珍」，夜明珠更加美麗了。

撫慰

如果心版明淨，晚上十一時後到一個地方靜坐，會有奇妙的感覺。這地方是中區皇后碼頭與大會堂前的一段海旁空地。這時菲傭人潮已過，天星碼頭的乘客已疏落，你不妨靜坐於這空地當中的石凳上，背斜向大會堂低座，面前一半朝海，一半朝着天星碼頭的大鐘。你緩緩地呼吸，讓三月的海風拂臉。對岸的香港文化中心在射燈下如幾何板，又像宏偉的碑石，而斜背向的幢幢高聳的建築物有如羣山靜寂，窗子間或透出如鑽石閃爍的光華。奇妙在於在寧靜的氣氛裏，一面感受大海的撫慰，一面又領受都市洗去脂粉鉛華，陪你共享休息的閒適愉快感。對岸燈光燦爛，有若富裕與文明向你招手，提醒你：「小休一下好了，不要耽於逸樂，明日再與我同行。」這樣，靜坐到十二時，聽天星碼頭的鐘樓鳴奏以後，才好離去。

讚歌

每次過金鐘站一帶，就興起「啊，香港！」的感歎。那異型趣怪的奔達高樓，金銀相輝映的兩座建築於不遠處，然後是高等法院一帶的建築羣，它們似乎仰望着一柱擎天的中國銀行大廈。這些里程碑式的巨構，都是近十年平地崛起。而這一帶，五十年代我每天均經過兩次，小學時家住灣仔，卻在般含道上學，坐電車從灣仔到屈地街，每天一回。電車頭等近梯間窗邊的座位，是我每天居高臨下的最佳位置。這裏一邊是兵營，一邊約略可見海軍船塢內待修的船隻。五十年代初期，船塢的圍牆上還有戰爭時代遺下的警告句語：「此乃禁區，如喝令不停，立即開槍射擊。」這條近乎荒涼的甬道，又曾經是交通的樽頸地帶，電車、巴士、汽車到達這邊兒，都唱行不得也哥哥！今天，兩旁的大廈都似乎在唱「香港讚歌」呢。

暢美

自從有了西區走廊，我從中區返西區的治事處，只費十分鐘。一條暢通無阻的直路，從海旁飛越，到西邊街一拐彎，就到達了，算來每次最少節約三十分鐘，想想全港走這條路的人有多少，每天把省下來的時間總計一下，會多掙了多少寶貴的時間。向空間要時間，向時間要財富，還有因便利換來寬鬆舒暢感，都是路政成功提取的巨額「利潤」。香港樽頸地帶一一剷除，前後經歷三十餘年，路是越走越寬了。我相信香港是塊福地，並非盲目樂觀。交通方便，道路通暢，問題都一一迎刃而解吧。每次乘車走西區走廊或東區走廊，那前路無阻的暢美感，就引起我祈盼香港前景，發展下去，亦如這兩大走廊，輕車飛越，如唐詩描述的：「輕舟已過萬重山……」，但願這不會是自我安慰的說話。

擁抱與陶醉

遊桂林山水與岩洞，與自然擁抱，無疑是美的享受。但香港這十多年，其實也建成了一個美甲天下的香港景色。天然有天然的美態，人工有人工的異趣，何須厚天然而薄人工？有一條不亞於漓江遊的路徑，可從灣仔碼頭出發，漫步海濱到會議中心大廈的萬國旗陣，再進入會議中心內上上下下遊一趟，然後出會議中心向藝術中心進發，到藝術中心瀏覽後，信步到鄰近的演藝學院，從室內到室外的露天劇場走走，然後穿大道到奔達大廈，北觀望添馬艦總部，南欣賞新建成的中國銀行大廈，如火箭騰升。奔達大廈的大堂有表達中西文化交匯的兩幅巨型浮雕。接着入金鐘廊，穿過那跨越金鐘大道的玻璃幕天橋，遊太古廣場，再參觀高等法院大廈，落紅棉道，從大道東入滙豐總行大廈，到達滙豐銀行大廈的地面廣場，不能不佩服這「四通八達」的構思。乘奇異的透明電梯逛樓上各層。又可坐電梯按38字，在最高層隔窗看看天台的樣式。遊罷滙豐銀行，從出口過電車路，遊皇后像廣場，再從隧道到大會堂，藝術館即在高座頂樓上。接着，遊遍低座各層，步出皇后碼頭，這裏寬闊的廣場和海旁的和諧氣氛，使人陶醉。然後登怡和大廈（舊時康樂大廈），又從天橋出海濱漫步。折返到交易廣場，又是一番新天地，廣場大廈內之大堂，常舉辦美展。那花路百米成雙綴於電梯兩旁，叫人眼前一亮。這條現代「山陰道」至中區天橋西端信德中心是盡頭了。

新貌

淺水灣頭有新面貌，朋友去過回來，讚不絕口，我想今年的下水禮也是時候了，就周日與婦雛同行，在中環乘六號巴士，也許天氣還沒暖夠，車上乘客疏落。下車見海灣果然一派新貌，在八呎水深處，拉了長長的紅白相間的浮繩，是為海灣第一線，弄潮的「初哥」可以放心在第一線內嬉水；第一線外是浮台，救生員划艇在附近梭巡。然後離浮台二碼左右，有一串長長的浮球，由細孔網盛着，把海灣圍成第二線，這是弄潮健將翻波推浪的好地方；第二線外，有快艇拉着滑水健兒飛馳。這第二線長長的網絡，正好擋着浮游的垃圾，確保近岸一帶水色清明。新建的水泥石台在觀音像前伸延出海，似乎是為滿足釣魚客建的呢！

欲墜

淺水灣頭原本只有一家「麥當奴快餐店」，那天去看新淺水灣，才發覺它對門添了一間「家鄉雞」，它的老闆被塑造成仿真人的企像，站在門口，見眼鏡已搖搖欲墜，我心說：「別跌眼鏡啊，肯塔基來的老鄉！」家鄉雞的原名是「肯塔基燒雞店」，我第一次接觸這「美國文化」，是頗有親切感的，親切感並非來自燒雞，而是「肯塔基」這名字。四十歲以上的人，誰不會哼幾句史蒂芬．福斯特的歌？戰後一段日子，這位偉大的美國作曲家，曾經屢屢叫人提起，他富民歌韻味的撰曲與詞的歌曲又流行起來了，我小學的音樂老師，最喜歡教他的歌，那一首《我的肯塔基故鄉》的主旋律很美：3331234346５．432——11712……黑人離鄉別井的滄桑，注滿曲詞：「啊，再見吧，我親愛的肯塔基故鄉。」

從黑沙到淺水灣

澳門可愛，你看氹仔、路環一帶，自然環境仍然是拙樸帶原始風。那天，我偶然被送到黑沙，一個遼闊的海灘，我就大聲問送我來的人：「如果不坐私家車，怎樣才能到達？」答者笑說：「還不容易嗎？葡京附近有車站，看車牌有到黑沙的就登車吧！」我於是默記於心。為什麼這般着緊？因為我突然發覺，這是我夢中曾見的童年景象。

那時我還是「小學雞仔」，每當假日，在大牌檔買了兩枚「油炸粽」，帶一瓶白開水，就從灣仔到淺水灣去，這路途是從灣仔道過石礦場的石路，到達皇后大道東的防癆會，沿着它對面的司徒拔道口直走，踽踽而行——我從小就是「獨行僧」，走兩小時，淺水灣頭在望。到達那裏，我充分發揮不知天高地厚的野孩子性格，游「狗仔式」竟有膽量出浮台，游泳、埋沙、卧看雲頭，捉鹹水蟛蟹、拾貝殼，尋覓被海水磨得漂亮的水晶般的破玻璃片……到黃昏日落，才拖着興盡的情意，任鹽的結晶粉末布滿軀體，牛頭褲、濕背心，衣衫由得其不整去，哼着歌回灣仔去了——這日子我深藏記憶中。但，我來到澳門黑沙，這回憶又超速而至，啊，這兒，完全是五十年代淺水灣頭的樣子！

踽踽而行：孤單地行走。踽，粵音舉。

舊灣仔抒情

愚公移山

與孩子到灣仔摩利臣山泳池游泳，我就會說：「三十多年前，我已經是這裏的常客。」旁人側目，以為這「大隻廣」在對孩子吹牛，三十多年前這裏哪有摩利臣泳池呢？我這老灣仔目睹「愚公移山」呀！一座偌大的石山，有小路從現今《文匯報》社址東側進入，沿路有工人架起布帳篷，以手鎚把大石鑿成小石，這就是那年代的「碎石機」！這兒天天幾回爆石，爆石前敲起鑼，接着「轟」的一聲，半個灣仔遠近可聞，石爆開了，工人把大石碎為小石，這不是「愚公移山」是什麼？這荒涼的大石山，童年時代我是這兒的常客，原來到處一個個窪地，積了雨水，盎然有生趣，蝌蚪、青蛙、小草、野花而外，還有較大的，可以做「泳池」，我穿着底褲，就可以與蝌蚪青蛙為伍，自從母親為我到海旁游泳而大動肝火，我就轉而到這「小泳池」去了。今日我腳踝處有一指頭般大的疤痕，即為當年池底尖石所傷的歲月留痕。現在，大石山早沒有了，變成摩利臣山泳池、愛羣道以至鄧肇堅醫院一帶的「新區域」。

灣仔名店

戰後灣仔的名店，曾有過「大三元」、「英京酒家」、「三多軒文具店」、「東方小祇園」、「鷓鴣菜藥行」、「梁國英藥店」、「新亞怪魚酒家」、「紅棉麪包公司」、「美利堅京菜館」、「東方書局」等。今天仍碩果僅存的，有「美利堅」、「東方書局」，「三多軒」和「東方小祇園」，地址已略有改變了。

當年灣仔似乎人窮的多，印象中商店燈火黯淡，貨物稀疏，又大都是前舖後居，東主一家人或住在閣樓或後欄，正是「家爺仔乸」生意也，因此較具規模的店子，我都能如數家珍。

印象最深的，是「新亞怪魚酒家」和「鷓鴣菜藥行」。前者給我海洋知識，後者帶給我童年的企盼。原來怪魚酒家外一幅大牆，畫有一幅壁畫，各種深海怪魚，都畫得栩栩如生，例如那只有一個大圓頭的「翻車魚」，並畫有人抱着牠跟着前泳，頗有童話風格。這是最生動的怪魚魚譜，而且這壁畫每隔數月更換，叫我這沒有一本彩色圖書的孩子目不暇給，每次到東方戲院外看畫片，都會路過而企立良久，看之不厭。

淡出淡入

曾在專欄談灣仔戰後名店，還有漏了鼎鼎大名的廣生行及六國飯店。廣生行現仍在軒尼詩道老地方佔有一席位，而當年從集成中心起一列數家，全是廣生行的貨倉。香港陷日期間，母親曾幾次帶我到貨倉那兒躲避轟炸，把它看成防空洞哩，進內香氣撲鼻，是貨倉內的花露水香味溢出吧。戰前、戰後的日子，誰家沒有廣生行送出的美女月份牌呢？上茶館，招待員送來的濕毛巾，又都是廣生行花露水的香氣四散，那商標「雙妹嘜」深入人心，家中小妹頭扮靚靚，成人笑她：「靚啦、靚啦，靚過花露水嘅雙妹嘜嘞！」當年家窮，但記憶中也有一小瓶花露水，母親說木虱咬過，可以用它來搽一搽，止痕消毒。後來為什麼風氣改變，花露水在人們日常生活中淡出，就不得而知了。不過前些時見廣生行「重整軍容」，廣告既引起老香港懷舊，又向新青年現新姿式，推出一系列雙妹嘜美容品，我看了深覺很有味道，後來逛公司，禁不住買一支花露水，回來向脖子一抹，惹來老妻的譏笑：「臨老入花叢耶？」

在天台上課

灣仔是香港的縮影，今日見戰前的四層舊樓幾乎拆盡，三十層以上的大廈林立，就反映未及半個世紀，香港無論從人口到財富都驚人地增長。我仰望幢幢大廈，曾有奇想：「可有機會給我遍遊大廈的屋頂？」這些屋頂今天都成了禁地。但回想當年的四層高樓宇，天台都是開放的，可以從樓梯直登天台去。因此，我倒真真正正遊了不少舊日灣仔的天台，那偌大的空間，都成為孩子聚集遊戲的好地方哩。

說起天台，曾是我社會知識啟蒙之所。我家的四樓是摩托車業職工總會，工人常常在天台聚會，或開大會，或開遊藝會，年少的我，看見熱鬧就擠進去了，當年新中國剛成立，不久又有「抗美援朝」，工人們都心紅似火，每有聚會必定歌聲震山，演講又都慷慨激昂，我就這樣在天台「上課」，接受工人的薰染，現在想起來，十分懷念那段日子，我這從小無人管束的野孩子沒有放蕩下去，可以說是在天台上擠在工人羣中領受影響的結果。

懷念活水

灣仔真是個好地方，臨向海旁，藝術中心和演藝學院拂來高質的文化氣息，新廈又都建得很美，綠化布於其間。穿過幾條通衢大道向南走，還可以登山，又是另一番境界。堅尼地道已有大改觀，與我少年時常常遠跑有如入深山的「二馬路」大不相同了。

我們習慣稱大道東是「大馬路」，堅尼地道是「二馬路」，再上寶雲道是「三馬路」。二馬路沿途鳥語花香，又可俯瞰香港景致，還有一塊旅遊好地方——活水，那兒有清溪水慢慢流，有樹木扶疏的草地可以休憩。這些供人懷念的地方都因香港的大發展而煙消雲散了。「活水」這地方相信香港不少人會留有美麗的回憶，最近與一位當醫生的好友談起，他就津津樂道，説他唸高中二年級時，動物學老師規定每兩個學生在戶外做一次解剖實驗，寫成報告。別的同學大都解剖小青蛙等等，他卻為了要吃雞粥，全副野餐裝備搬到活水去，兩個人「雞手鴨腳」，解剖了一隻母雞，然後切件就地煲雞粥。「活水是我解剖學第一課的地方呀！」這位外科醫生要到灣仔「尋根」哩。

企盼的日子

我童年時最愛閱讀，在灣仔舊書舖買了一大堆回來的《新兒童半月刊》，在封底頁就總有大幅七彩的「鷓鴣菜」廣告。但我對這東西卻一直沒有接觸過，什麼樣子，什麼味道，到今天仍懵懵然無所知。問過母親，她說：「那是富貴人家孩子吃的肥仔菜。我們吃不起，別問了。」

但灣仔近「大佛口」那邊，有一間規模大的「鷓鴣菜藥行」，我卻印象殊深，因為戰後一段頗長的時間，每到三月下旬店子就張燈結綵，慶祝四月四日兒童節，店子的裏裏外外，掛了很多很多玩具，是我見所未見，大洋娃娃啦、鐵製的玩具汽車啦、精美的兒童三輪車啦，還有各種上鏈的大玩具、大塊的積木等等。聽說這些玩具都是送給小朋友的，怎樣送法？買滿若干十元，送洋娃娃，買滿若干百元，送三輪車……原來是推銷「鷓鴣菜」呢。不過，當時灣仔沒有一間大玩具店，很多玩具的洋貨，灣仔長大的兒童都見所未見。為滿足我好奇與欣賞的慾望，於是四月成了我企盼的日子。

大佛口：灣仔皇后大道東與軍器廠街交界的位置。有説在二十世紀初，該處有一間日資公司「大佛洋行」，店門外有電車經過，人們把這裏稱為「大佛口」。

人生美事

《舊灣仔抒情》寫了數篇，説到情意最濃的該是我第一次就讀的小學，學校以校長之名命名，廣州老教育家原於廣州創立「敦梅小學」，後遷港，即在灣仔克街和駱克道、史釗活道交界兩處設校。「敦梅小學是名校呀！」我長大後與人談起當年的母校，不少長輩都豎起指公對我説。我當年卻身在福中不知福，因為在戰爭歲月中虛度了學前的寶貴光陰，戰後我連自己的名字也不會寫，而進入一年級的；那已是超齡生了。這學校卻又以嚴謹為校風，一年級已經有古詩課，「鵝鵝鵝，曲項向天歌……」「牀前明月光……」等都要背誦，到三年級已經教我們搖頭擺腦唸《四書》，此外「中、英、數、公民、歷史、地理、圖工、音體。」無一不備，我讀到氣咳。

但我愛敦梅，今天閉上眼校長老師仍音容可描。我寫《童年的我》一書內中一段談到一年級班主任莫錫瑚老師，距今四十多年已音訊斷絕，卻不料她遠隔太平洋，在北美讀到我的著作，前年返港，竟喜極有師生手拖手重遊灣仔舊地憑弔母校舊址的人生美事！

心中的謎

灣仔最有代表性的舊建築物，應是中華循道會的中國古建築式樣的教堂，童年時我到達這裏，就是「遠征」了。仰視它總覺得是一座廟，心裏推想裏邊有人拜神燒香。直到有一次，有人告訴我《新兒童半月刊》的雲姊姊從美國回來，她的讀者在裏邊為她開歡迎大會，我才改變觀念，知道它大抵是個大禮堂。我經過總想往裏邊瞧瞧，也只有失望，因為窗門高，大門又常關着。待來日長大了，真想找個禮拜日去充當教友，進內看看這座外觀了五十年的建築物內貌，以解心中的神秘，但人就是這樣奇怪，當心裏懷着新事物的神秘感一個一個消失，就很

想保留幾個，明明輕易揭開也讓它封存，因此到今天，它的內貌對我仍是個謎。

灣仔還有什麼越過半個世紀的有型建築物？最稀少的沒有「性格」的舊樓不算，除了灣仔警署、大王廟和北帝廟之外，我已無法說出。眼見今日「有型有格」的大廈在灣仔廣布，這只是半百人生的眼界而已。到二十一世紀，灣仔的宏圖偉貌定會更美！

抒情末篇

我對灣仔多情，因為確曾踏遍深弄小巷。到處刻鑄了我童年野孩子生活的印跡，在這塊地我受過創傷，在那塊地我曾滿載歡樂，這一角我看見人生悲愴，那一隅我見它滄海桑田。何況催我成長，使我感動，接受磨難，都是生活在灣仔的日子裏。我打從一九四〇年娃娃的年代起居住灣仔，到唸高中一年級時，因為在跑馬地的學校當半工讀生，需要住校，才首次將臥鋪遷出灣仔。想不到一去不還。後來，母親病故，不久舊樓拆了，灣仔我竟是匆匆過客，接着為《文匯報》、《新晚報》寫稿，才再流連舊地，到出現「圖文傳真機」，不用送稿，灣仔因而久別了。現在常到的竟只是海旁一帶，那兒有兩家電影院專門放映高質量的藝術電影，又有展覽中心和藝術中心。我體會的新灣仔是很文化、很藝術的，竟與當年灣仔是很野的、澹淡的印象截然兩樣了。

我幾番構思寫一個反映舊灣仔，從而反映舊香港的話劇劇本，希望有一天定稿能寫就。這篇就是《舊灣仔抒情》的末章了。

閱讀・寫作・出版

我論散文

散文的元素，屈指數一數，計有：景物、情懷、評論、實況、科學、幻想。這些單個的元素，可以獨立，可以組合，而且因為可以作多種排列組合，因而使散文百花齊放，亦成為多元化社會中的多元化體例。單一地寫景的散文或僅僅抒情的散文，反而最難寫得好。現代人寫的散文大都是兩個元素或以上的組合，例如是情景交融的、夾敘夾議的，是實況淡入、抒發胸臆淡出的，是以寫科學為經，帶出情懷為緯的（科學小品文多如此），還有科學幻想式的散文，在當代散文家的作品中亦偶可欣賞。散文是生命力最強的文學體裁，特別是生活頻率加速的都市節奏，讀詩要咀嚼，讀小說要閒情，散文快捷、直擊地干涉生活的特性，使人人可讀，時時可讀。何況在「散文小說」或「小說散文」的衝擊之下，散文佔有的領地就更廣闊了。

散文在今日社會中，還因為帶出各種心理味覺，使這「味精世界」更缺不了它。作家的個人風格，使散文強烈地帶上辣椒味或苦艾味，檸檬味或蜜糖味，鹹柑桔味或麻辣醬味……不少散文作品讀之感覺上是打翻了五味架，或者「七情上文」，或者「嬉笑怒罵」外加「辛酸苦澀」……文章帶出各種韻調，適合涉獵不同的讀者，因而各有其擁躉。

請進這快樂窩

讀小説，既不能幫助你獲得學位，也不能助你謀生糊口，不能教會你駕船，也不能告訴你如何發動一輛故障的汽車。但它將使你的生活更豐富、更充實，因而使你更感快樂——如果你能真享受這些書的話——（以上是引自毛姆的話。）

我讀到一本毛姆寫的好書，叫做《書與你》。毛姆是英國近代著名的文學家，他主張為樂趣而讀書，他説：「請別以為樂趣就是不道德吧，如果敏感多慮的人想要逃避，請快來讀書，書本是你的快樂窩。快樂並不需要下流或肉慾，往昔的智者都認為只有『知性』的快樂最令人滿足而且最持久，養成閱讀的習慣實在受用無窮。」

讀到一篇文章説：在「五七幹校」出來，錢鍾書的太太指着路旁一間簡陋的草寮，問錢鍾書説：「你可以一輩子住在這草寮裏嗎？」錢探頭張望一下這草寮裏，然後搖頭說：「不能。」錢太太皺皺眉，問：「為什麼？」錢答道：「唉，沒有書，怎麼過日？」

這樣的名人軼事能給你一點什麼啟示麼？

我還有一個奇想：生物分動物、植物而外，還有第三種生物，叫做「書」，因為書也具備作為生物的條件：它能生長、會延續、有思想、有感情，書本何嘗沒有生老病死？讀一些在文學史上有過不朽地位的名著，就發覺因時光流逝，鑒賞的氣候不同，已奪去了這些名著的馥郁，這些書已是垂暮之年。敢說再過百年，沒有人記起這些舊日的「不朽」名著了。書同樣有長壽與短命，試看一些「流行小說」之類，在中環港外線碼頭的報攤上買了一本，到達長洲碼頭，就扔在附近的垃圾箱裏了——相信這還不算最短命的書呢！

書這種「生物」，它生存不靠空氣、陽光、水分，它只要一種生命素：就是人的關注。沒有人看它，它就是死亡了。它如果有人又重新發現已經被遺忘的書——例如早些時國內學者發掘到的《歧路燈》——它又會獲得重生。這種「第三種生物」你說奇妙不奇妙？

五七幹校：指在文化大革命期間以改造知識分子為目的的「學校」。一九六六年五月七日，毛澤東在信中寫道，要黨政機關的幹部、知識青年等進行勞動改造和思想教育，此後中國內地出現多個「五七幹校」，直到一九七九年才陸續撤銷。

冰心與「關於男人」

冰心的作品，曾先後迷醉過不少少年人。最近讀到北京剛出版的一本雜誌創刊號《中國作家》，我想迷冰心的人如我，都會從這期雜誌中得到大滿足。其一是發表有冰心一篇新作《關於男人》；其二是刊了內地女作家張潔一篇採訪冰心的文章《心如明鏡台》，張潔的文章第一句已攝入讀者心腑了：「從我認識她那天起，我就想着，早晚有一天，我要寫以真、善、美的情操教育了幾代人的冰心。我母親讀過她的書，我讀過她的書，我女兒讀過她的書，想必我女兒的女兒也會讀她的書。然而，我始終未能動筆。因為，你能將大海裝進一隻瓶子裏去麼？……」

張潔的文章，使我引起共鳴，冰心的新作尤使我驚喜。我喜歡冰心的文字是從唸她的詩集《繁星》開始，「童年呵！是夢中的真，是真中的夢，是回憶時含淚的微笑。」我的童年在戰火中，這話最勾起我的情緒；到青年時我給朋友寫紀念冊共勉勵，常引用冰心的詩：「青年人呵，為着後來的回憶，小心着意的描你現在的圖畫。」後來我迷冰心的散文，《寄小讀者》重讀過多少遍？

離開學校時我有一段日子很苦悶，記得在北風凜烈的深宵，常捧讀冰心化名「男士」寫的又像散文又像小說的《關於女人》。書中描塑的高潔、美麗的靈魂，幾番使我感動至淚下。尤記得年前在蘇恩佩女士的安息禮拜上，靈堂上四個字「只有祝福」，我就記起在冰心哪本書上寫的「我生命中只有『花』、『光』和『愛』；我生命中只有祝福，沒有咒詛。」後來我從事編輯工作，就想着怎樣為今日少年人介紹冰心的文字，我編的《擷芳書列》裏，立即把冰心的《關於女人》換個書題《美的形象》介紹出去，想不到甫印行就再版了。

《中國作家》的創刊號中竟讀到《關於男人》呢！冰心當然提起她四十年前寫《關於女人》的舊事，然後她說：「病後行動不便，過的又是閉居不出的日子，接觸的世事少了，回憶的光陰卻又長了起來。我覺得我這一輩接觸過的可敬可愛的男人，遠在可敬可愛的女人們之上。」於是，她開始寫了，寫了《我的祖父》和《我的父親》兩篇，看樣子，她還繼續寫的。祝福她長壽，能出版一本比《關於女人》更豐厚的《關於男人》來。

相思與刻骨

冰心停筆很久，記得一九八七年三月在《人民日報》上讀到她一篇不着痕跡的悼念文章《話說「相思」》，我一讀再讀，翻翻她當年的作品，為了讓我對她文章提及的一九二五年歲暮的往事更清晰。冰心的文章娓娓地說及她的初戀，在美國唸書時她的導師問她有沒有寫過情詩，她就把一首剛寫好的送上。接着她追記這情詩的背景：她一九二五年暑假在美國大學補習法文，並與吳文藻談着戀愛。到年底，在一個大雪紛飛的日子裏，她收到愛人的信，讀後披着大衣走出雪地，雪地上散着枯枝，有些橫有些直，滿懷思念之情的冰心，就覺得這些枯枝好像鋪成一個一個「相思」兩字。她寫了一首情詩「避開相思，披上裘兒，走出燈明人靜的屋子。小徑裏冷月相窺，枯枝——在雪地上／又縱橫地寫遍了相思！」

一九二九年吳文藻先生在美國拿了社會學的博士學位回國，六月即舉行婚禮。他們的婚禮是異常簡樸，就在北京西山大覺寺的一個廂房裏度過了蜜月。而天長地久，這份愛情綿綿無盡。一九八〇年，冰心已年屆八十一歲，她在上海《兒童時代》雜誌上發表了一篇作品《生命從八十歲開始》，也許，亦意味着她與吳文藻博士的愛情，仍在開始階段。一九八五年，吳先生不幸病逝，冰心看來還平靜，只是默默含愁。她於吳先生逝世兩年後，忽然寫了《話說「相思」》一文，提起五十二年前一首她藏着的情詩，因而我們深深感到這對學人那份刻骨銘心的愛情，情詩仍在陰陽遙寄。

悼念

這幾天我追讀《紫水晶》，謝雨凝友寫母親病逝前後的兩代情，絲絲入扣。一個常執筆的人最怕心兒空泛，若有情愫攝入，筆就活了，這份情不論哀的、喜的、純的、豔的，都會是上佳的入文材料。我愛讀悼念文字，朱自清的《給亡婦》，魯迅的《為了忘卻的紀念》，吳晗的《哭一多》，夏衍的《哭楊潮》，都叫我一讀再讀。前些時，又讀到冰心寫的一篇悼念文章《話說「相思」》——一篇不着痕跡的悼念丈夫的作品。生死陰陽阻隔，當悼念時，說到從前的一爪半鱗，已成絕響，感情怎能不迴盪再三？我第二個孩子的保姆，忽然一次車禍喪生，我們一家人曾竟月無法平靜，入夜彷彿她仍在廚房，後來我捺不住寫了篇兒童小說《悼念》，在報上發表，竟收到多封小讀者的信，說讀着與我同聲一哭。

竟月：整個月。

冰心和沙穰

不曾遊過美國，但知道有紐約、華盛頓之前，先知道美國有個「沙穰」，那是小時候初讀冰心的《寄小讀者》裏知道的。由「通訊九」開始，一九二三年的冰心用上了人間最濃烈的感情去謳歌母愛，去刻劃上下兩代間的情誼，最打動人心的幾篇，文末都注着寫於沙穰——那大抵是一間寧靜的療養院的所在地。一個多愁善感的、詩書滿腹的、剛廿二歲的少女，遠離所熱愛的祖國，遠離甜蜜的家，來到太平洋彼岸一塊完全陌生的地方去求學，卻又剛到埗就病倒了，輾轉在病牀上，張開倦眼所見都是異族人——就是這麼一個天造地設的人、時與地，把冰心推進了兒童文學的園圃裏，寫出半個多世紀來還使人低徊再三的好作品。我想，任誰在冰心當年所在的環境都會思念家人，想念母親，只是沒有幾個似冰心有那般氣質，那般文思，那般心緒罷了。

你記得她那浸染情感的文字嗎？

「我從三歲上，才慢慢的在宇宙中尋到了自己，愛了自己，認識了自己，然而我所知道的自己，只不過是母親意念中的百分之一，千萬分之一。」

「小朋友！當你尋見了世界上有一個人，認識你，知道你，愛你，都千百倍的勝過你自己的時候，你怎能不感激，不流淚，不死心塌地的愛她，而且死心塌地的容她愛你？」

「天上的星辰，驟雨般落在大海上，嗤嗤繁響。海波如山一般的洶湧，一切樓房都在地上旋轉，天如同一張藍紙捲了起來。樹葉子滿空飛舞，鳥兒歸巢，走獸躲到他的洞穴。萬象紛亂中，只要我能尋到她，投到她的懷裏……天地一切都信她！她對於我的愛，不因萬物毀滅而變更！……小朋友！告訴你一句，小孩子以為是極淺顯，而大人們以為極高深的話：『世界便是這樣建造起來的！』」

冰心寫母愛如同她寫愛海的話一樣，滿是孩子般的稚氣，何嘗不是文學上一類激揚文字？過去卅年讀過不少內地評冰心的文章，說她文字柔弱是一論，說她逃避動盪的大時代是二論，說她宣揚資產階級人性論更早就成了「定案」了。到今天，國內出版印行她的《再寄小讀者》，接着是《三寄小讀者》，卻就是不見重印她享譽最盛的初《寄小讀者》。當戴望舒可以在今天再結丁香，徐志摩可以重揮雲彩的時候，請讓冰心以詩章的語言再來頌揚「母親的愛」吧。今天，上下兩代感情疏離，也實在需要好的文章、純的感情去讚頌兩代間的情誼，讓不知道媽媽可親的人子來領受愛的薰陶，讓只知抱着功利態度去愛兒女的父母去體會愛的意義。

沙穰：一九二〇年代冰心赴美留學期間，曾因病住進青山沙穰療養院。穰，粵音羊。
謳歌：歌頌。

不是你們的孩子

任國文教師的時候，學生問我什麼叫詩，我說：那是把一噸的語言加上一噸的感情，錘成一克的文字。

可不是嗎？讀冰心譯紀伯倫的詩《先知》，讀到孩子那一節我就呆了。

你們的孩子，都不是你們的孩子。
乃是生命為自己所渴望的兒女。
他們是借你們而來，卻不是從你們而來。
他們雖然和你同在，卻不屬於你們……
你們可以蔭庇他們的身體，卻不能蔭庇他們的靈魂。
因為他們的靈魂，是住在「明日」的宅中，那是你們在夢中，也不能想見的……

你們是弓，你們的子女是從弦上發出的生命的箭矢，
那射者在無窮之中看定了目標，也用神力將你們引滿，使他們的箭矢
迅疾而遙遠的射了出去……

對於孩子的理解，紀伯倫用短短的話，道出了無比浩瀚的深意；也用短短的話，抒發出對明天人類社會的深情厚意。

盧梭用上厚厚的巨著——《愛彌兒》去寫孩子，紀伯倫用十多行詩章也說透了。

所以，我說：詩就是用上一噸的語言加上一噸的感情，錘打成一克的文字的東西。

你騰飛吧，這兒沒有羈絆！

有兩個字很容易混淆，一字之差，意義迥然。這兩個字是「因」和「由」。

詩人紀伯倫在《先知》中告誡世人：「孩子，他由你而來，卻非因你而來。」這話一時也不易理解，含義是：父母是兒女的渡船，他從生命的彼岸，乘坐父母此載體，來到生命海的此岸。對孩子來說，沒有這班船可以坐下一班；沒有這條船，可以坐另一條船。

但父母往往認識錯了。他們認為沒有我們的精子、卵子結合，兒女嘛只是個屁，無從形成生命。因此，兒女是因你而來，他是你的肉，他是你的骨。古代有「哪吒」其人，犯了天條，天帝賜死於他，他就對着父母大哭，然後當場「削骨還父，削肉還母」。現在有了遺傳學的研究，似乎更加證明，兒女是父母生命的延續。

這種見識的結果，兒女就只能從小受父母所桎梏。爸爸要你讀醫科，你縱使有豐滿的文學細胞，也不敢攻讀文科，只能去實現父母的夢想——擺布孩子作種種選擇，這些例子還少麼？更有甚者，隨着打罵兒女，「我生得你出，就可以痛打你！」

也許由於基督教義的影響，西方人就比較尊重兒女。「孩子，他由你而來，卻非因你而來。」聖經說每個人只有一位永恆的爸爸，那就是天父——世上的父母是肉身的父母而已。西方人不會敬拜祖先，亦源於此。

顯然，紀伯倫道出了真理所在。你疼愛孩子，出於親情；你祈望他繼承父業，出於家族興旺的抱負。但這何曾是命令？

孩子，你騰飛吧，這兒沒有羈絆！

情感啊情感

我還以為「情感教育」是我杜撰的詞兒哩！因為，有一次跟朋友談起，自己回顧學生生活，一直沒有忘記的，是一些帶情感性的東西。例如一次發起節省早餐錢幫助一個家變的同學繼續讀書；又例如與某同學嘔氣互不理睬了半個學期，卻有一次座談會促成我倆重握友誼之手，當眾哭得像個淚人；畢業那年學校買了部新校車，一羣同學簇擁着新司機，請他讓我們試新車，他偷偷載我們環島一周，車裏歌聲滿路，差點兒載不動年輕人的歡樂……打開了回憶的「音樂匣」，叮叮噹噹，盡是情感的東西。

我於是說：「對學生刻骨銘心的教育是情感教育。」

你講一百遍，不如帶他去領受這感情一遍。

你給學生一絲一縷的溫馨、熨貼，一筐半籃的鼓舞、真誠，有分有寸的法外開恩，都與喀斯特地形裏的鐘乳洞相似，溶呀浸呀，甚至可以盪滌冥頑的心靈，十年八年後，孩子可以什麼都忘記，領受過的情感教育不會忘記。

我不知道是否過分誇張了這種教育形式。只是，我在書店的新書架上，赫然看見福樓拜一本巨著，書名是《情感教育——一個青年人的故事》。

熨貼：妥貼舒適。
福樓拜：法國著名小說家。

「神燈」引起的連想

《天方夜譚》的故事裏，最吸引孩子的，我想其中一個是「阿拉丁與神燈」。你聽過這故事麼？阿拉丁找到了神燈，輕擦它一下，一個巨人從壺嘴徐徐出現，他服從燈的主人的吩咐，實現主人的願望。

有從事教育的朋友說：「這故事不好，易引起孩子產生不勞而獲的幻想。」可是，我以為這正是故事深刻的地方。巨人給阿拉丁以榮華富貴，給阿拉丁豐衣美食，還送他整整一座宮殿——不要忘記，他既能夠給予，也能夠撤除，後來那魔術師耍了一個「新燈換舊燈」的花招，神燈易手，阿拉丁一夜間就還原為窮光蛋了。孩子聽故事時，也常常被這一段敍述懾住。就是這樣無情啊，完全不是阿拉丁掌握了神燈，而是神燈在玩弄阿拉丁的命運。

在人類社會裏，這深刻的揭示例子不少吧。我們把久困的「巨人」釋放出來，

使他臣服，以為他從此為我們創造財富，為我們改善生活條件，可是，我們還喜悅於駕馭這麼一個「巨人」的時候，也正是他反過來嚴重影響了我們的生活的時候，這樣，我們才漸漸察覺到我們落入巨人的股掌中，驚呼也許來不及了。

我們不是從社會科學中釋出種種社會理想麼？我們不是從自然科學中釋出種種偉大發明麼？但二十世紀末期，人類不是在「巨人」股掌中驚呼，試圖尋求另一條出路麼？

這樣，「阿拉丁與神燈」也彷佛是劉伯溫的燒餅歌之流，在預言了些什麼了。

我想這是社會發展的必然：我們發現了某一股自然力量，認識它，駕馭它，使它成了促進人類社會進步的巨大力量，可是，漸漸地，當它在人類的縱容下成長、發展以後，它又會反過來讓我們難於認識，無從駕馭，給人類做出更大的禍害。於是，我們又去尋求另一種方法，醞釀另一股力量，去再馴服它、控制它，消弭它產生的禍害，這樣，人類社會又會有新的進化。

問題是：在這宇宙僅是一瞬而我們的感覺是漫長的歷史進程中，我們正生活在「巨人」的禍害剛出現，而人類新的尋求正開始，力量剛醞釀的世代。所以，我們也許將越來越明晰看見禍害之烈，越來越感受到被反控制之痛。

我們面對這些社會問題不要灰心，不要以為人類社會走向末世紀了。邦貝城末日之後，還有新的文明，羅馬陷落後又有新的紀元。我們來試着加速這尋求和醞釀，那麼，人類一定像那故事的結尾：阿拉丁又掌握了神燈，過着幸福愉快的日子。

劉伯溫的燒餅歌：預言國家興衰的歌謠。有說明太祖在吃燒餅時，大臣劉伯溫求見，太祖故意把咬了一口的燒餅蓋起來，要劉伯溫猜猜那是什麼。劉伯溫猜中之後，太祖又問天下世事及國運如何，劉伯溫作了幾首歌謠來預言，後人就稱這些預言內容為《燒餅歌》。

邦貝城：也叫「龐貝城」，位於意大利，約建於公元前七世紀，距維蘇威火山約十公里。公元七十九年，維蘇威火山大爆發，淹沒了邦貝城。

千里明燈

有人問我是哪裏人？我答道：「順德人。」這樣居然有笑聲回應，並說：「老是順德人，小心順得哥情失嫂意啊！」

這才曉得原來「順德人」也可以語帶雙關。記得以前有一位前輩作家，筆名是「我佛山人」，別誤會他是抱着我佛慈悲的隱者，或是什麼星相術士，他只是籍貫佛山人氏罷了。

對籍貫順德，我原也很陌生。直到唸中學的時候，才有機會隨家人回到自己的故鄉去。記得公共汽車來到水藤村口，下車不遠就是河邊，有表親撐來小舟相迎，我戰戰兢兢的踏上那搖晃的小舟、「咿呀」的搖櫓聲響起，船兒就在河上穿梭而過。水上有浮萍，岸上有桑田，一聲「小心過橋」，小舟就在那叫做玉帶橋的拱下滑過了。在書本唸過的「小橋流水人家」，如今是人在畫圖中；地理課本說的魚米之鄉珠江三角洲，都活現到眼前來。

那可口的鄉土食物才有滋味呢！把煎香的鯇魚拆了肉、拌一鍋花生粥做宵夜，叫我吃得滿飽，為此一夜起牀頻頻；還有剛從蓮塘挖來的蓮藕，用涼涼的井水泡洗過，切成薄片兒，那一啖一香爽，已是一樂，居然可以吐出藕絲，更是一樂；吃那些炒得金黃酥軟的蠶蛹，才叫一啖一驚心，但吃過了像花生叫相思豆一樣，總想再吃。

還有那鄉音，還有那鄉土人情，還有那明鏡般的魚塘鑲滿桑基圍之間，蔥綠的蔗林滿山，黃昏後的蜻蜓滿野……

經此之後，籍貫不再是每學期填寫入學註冊表時一個生硬的字兒了，我不敢草率，總要把順德兩字寫得秀麗一些；人家問我哪裏人，我總要清脆地回答：「順德人。」

「故鄉！故鄉！」居台灣的一位作家杏林子，為了紀念她的故鄉杏林，筆名就叫杏林子。我曾讀到她一篇很好的散文，題名就是《故鄉，故鄉》，裏邊有一句話使我長久回味。杏林子說：

「有家的孩子是幸福的，有故鄉可以盼望的人是不孤單的；對飄泊的遊子，故鄉是一盞千里明燈，永不熄滅！有一天我們都要回去，捧着故鄉的泥土，重溫兒時的舊夢！」

杏林子：原名劉俠，一九四二年生於陝西，年幼時跟家人移居台灣。她雖然長期受病痛困擾，但在作品中常表現出積極正面的思想，最後於二〇〇三年離世。代表作品有《生之歌》、《生命頌》、《杏林小記》、《杏林小語》等。

一面旗幟

「書本是心靈妙藥」，任誰說也沒有杏林子來說使人徹底信服。

杏林子十二歲時即患「類風濕關節炎」，至今全身關節均告損壞，但她頑強地和疾病戰鬥，意志驚人，使人歎服，廿多年來與藥物、病牀為伍，但是，就有書本為她開拓了新的人生領域，幫助她肯定了生命的意義。她有一個好母親，苦苦為她搜羅借閱圖書，從此，她從愛書人邁上了寫書人的艱苦路程，她說：「生活的天地雖小，方格子的世界卻廣大無比，生老病死、悲歡離合，都由我去創造，去發揮。」為了寫作，她的右臂一年四季腫脹不堪，硬得跟石頭一樣，父母親友都勸她別沉迷了，但她說：「那是我極大的心靈享受啊！」

藉着書本，三尺寬六尺長的病牀，就為她開創了一片無垠的天地。杏林子——她真是天下間愛書人的一面旗幟！（欣聞她的《生之歌》四年間已印行廿八版）。

素心人一願

某電視台要慶祝踏入十五周年台慶了，也可以說，香港的少年兒童在普及的電視文化漂染下過了十多年，於是，社會上就產生了整整一代的「電視人」。最初，人們對這種嶄新的科技發明喜不自禁，以為從此視聽有了個新境界。但是，當電視普及到侵佔了每個家庭之後，社會上的各種思想病毒就忽然有了千百萬條電光渠道，向我們幼弱的下一代天天輸送。這種放任自流、庸俗低下的「次文化」，我們今天還是莫奈之何，一個時候使教育工作者灰心洩氣，看着孩子的心靈任由它來盪滌。

思想領域是需要素心人去爭持的。我以為與電視文化（或其他低俗文化）爭奪孩子，是一切關心教育的人的神聖責任。而其中一個好方法是鼓勵孩子讀書，培養少年兒童廣泛的讀書興趣，帶引孩子親近書本，讓他們對好書的渴求從被動到主動，直到成為濃厚的個人興趣。

我主張學校改革早讀（或午讀）課，成為真正帶引學生去閱讀書籍的課堂。

老師請先來做個愛書人，留心圖書館添了什麼新書了？什麼書借出率最高？留意書店陳列了什麼新書了？留意書籍出版的動態（多份報紙也有文化窗、書訊一類的每周專頁），注意香港有什麼適合少年兒童的好書出版了？研究你的學生的閱讀趣味，看看有什麼課外書，可以來做教課的補充，推薦給你的學生。

最初會有一個「開荒」階段，最初可能閱讀氣氛完全沒有建立——這十分需要你先做些生動活潑的帶引工作。例如：找一些趣味性濃厚的好書向學生介紹，講述書裏一些動人的章節去吸引他們找原書來細讀，或者預先安排一個善於朗誦的學生預習一下，然後讓他以豐富的感情誦讀好書的一段給全班聽。

國文老師可以選一些有關閱讀的題目給學生做作文吧。如：「我最喜歡的一本書」、「一本好書感動了我」、「漫遊書的世界」、「太好了！××××（書名）」等等。

長的假期前請一定安排一些閱讀作業（也不一定要做讀書報告，事先説明回來要抽查閱讀內容和討論也可以的。）平時課外活動可以做幾本好書的內容問答比賽等等。方法可以是多式多樣的。

請讓好書來佔有少年兒童的心靈吧！

你是例外

偶讀《西班牙童話》，讀到一段，覺得說到心裏的話了……

「老畫家，你畫了一條彩虹，可是，這兒很久沒有下過雨，天上也沒有彩虹呀！」

「孩子，天上是有彩虹的。因為你還缺乏訓練，所以看不出來。有的人眼裏常常有彩虹的。普通人只是在下過了雨，太陽出來之後才看見彩虹，可是，彩虹是永遠掛在天上的，不過，人間的塵埃厚了，要待到雨水來時，把塵埃洗去一點點，讓太陽照亮一下，彩虹才再出現。但是，孩子，相信我，彩虹是常掛在天邊的。」

這是一個叫《微明的花園》的故事裏一段插話。也許你和童話裏的畫家一樣，也常常看見天上的彩虹。即使人間的塵埃厚了，只要我們願意常常拂拭那些障眼的塵煙，也還是常常可以看見彩虹的。

好的童話都有詩境詩意——透過孩童的眼看見一些優美動人的境界。「詩境本來就蘊藏在我們童稚的心裏，詩句原來就映現在我們孩童時期的眼前。但是，人長大了，入世漸深，車塵與煤煙將我們心中的詩意掩蔽了，使我們眼中的詩句模糊了……」這是張秀亞的話。

但是，如果你也常常看見彩虹的話，你是例外的一個。

張秀亞：一九一九年在河北出生，十四歲開始創作。著有新詩、小說、散文、翻譯等作品逾八十種，尤以散文見稱，有「美文大師」的美譽。

堅持不懈

《小朋友畫報》在電視廣告上出現，我興奮了一陣子。電視廣告費眨幾下就是幾千元論值，除了無線電視旗下的刊物，什麼雜誌消費得起？但《小朋友畫報》就做了，用一期大革新號做廣告畫面，小宗指着電視機嚷着：「這一本我也有呢！」

真的，廿三年來，《小朋友畫報》哪一期家裏缺少過？家裏三個孩子都和它一起成長，我這老頑童一九五九年創刊號起看了，那時候我剛高中畢業，負責過一段短時間圖書館工作，還記得新出版那一期還特別釘在布告板上向小朋友介紹《小朋友》。後來，認識了當年的主編人李青先生，開始為《小朋友》寫故事，直至李青先生去世，我也因雜事纏身而停了筆。但也常常翻看，並常常問孩子喜歡看什麼故事。這幾年電視畫面佔有了孩子的餘閒，孩子在電視的濡染下，喜歡動畫化的造型，變速大的故事橋段，我想在香港辦兒童畫報，也不免要適合孩子這個口味。這份老牌長壽兒童刊物有適合新潮流的大革新，新的裝潢、新的故事、新的造型，還有一個始終堅持不懈的有益於小朋友的宗旨。祝願這《小朋友》贏得更多更多小朋友的心吧！

《小朋友畫報》：一九五九年創刊，後於一九八七年改名為《變形豆——小朋友畫報》，直到一九九二年停刊。

叮噹姓甚名誰

電視又響起那主題曲了：「叮噹呀，誰都喜歡你，小貓也自豪。」

我問那像「和尚入定」地對着電視機的小宗說：「為什麼小貓也對叮噹感到自豪呢？」

小兒子來不及回答，大宗已經搶着插嘴：「叮噹是未來世界裏的機械貓嘛！」

小薇也興奮了，說：「我還知道叮噹是怎樣來的呢！」

小宗急得要哭了，說：「不准說不准說，現在由我來說！」大家就由他來說了，「大雄是個很蠢的孩子，讀書又讀不好，後來長大了，做很多事情都失敗。在未來世界居住的大雄的孫子焦急了，就從未來世界派出機械貓叮噹，去幫助大雄讀書。」

我問：「大雄已經長大了，怎樣幫他讀書？」

園樂童兒
園樂童兒

小宗說：「你不明白嗎？那是未來世界的事，不是現在的世界，現在的世界大雄還是個孩子呀！」

我聽了，佩服孩子年紀小小已經有強烈的時空觀念。我又問：「叮噹的真名叫什麼？」

孩子都瞪着眼，說：「叮噹就叫叮噹，沒聽過他有真名的。」

我笑說：「叮噹是個中文名，替他改名字的人我也認識呢！」這應該是四五年前的事了。《兒童樂園》的社長張浚華，她是第一個發現日文版叮噹故事有吸引力的，她把這些故事移譯過來，在《兒童樂園》裏首次連載，叮噹的日文原名是「虎衛門」呢！

叮噹：日本著名的漫畫角色，初期有多種譯名，後於漫畫作者逝世後，按其遺願，將各地的譯名統一。約在二〇〇〇年左右，華語地區陸續改稱這個角色為「多啦A夢」。

《兒童樂園》：一九五三年創刊，每半個月出版一次，後於一九九五年停刊。

小孩子寫詩

從小學一年級開始就鼓勵小孩子寫詩歌，這是日本小學語文教育一個特色。本來，一、二年級學生還在學習作句階段，怎可以「未學爬先學走」呢？但他們的教育理論卻認為：詩歌是純潔的語言，讓小孩子來表達最合適，既然可以給一些顏料讓小孩子塗鴉，讓孩子用色彩來表達他們的純真世界，那麼，為什麼不可以讓孩子在他僅有的詞彙中挑選，寫出他眼裏的景象和心裏的感受呢？只要語文老師能善於誘導，小學生也可以寫出好的詩歌的，即使是小學一、二年生，也可以用作句的形式寫詩歌。小孩子從小開始磨練詩歌般的精煉語言，開始以短少的文字寫自己的所見所想，那是語文教育上的一個突破。

日本《朝日新聞》副刊裏闢有一個專欄，名叫「小小的眼睛」，常常選登小學生的創作詩歌，十分有意思，例如一首出自小學三年生心思的詩歌《腳的樹林》：

在星期一的周會上，
我不小心掉下了手帕，
我彎腰把手帕拾起來，
哦，我看見許多腳，
大腳、小腳……
像一個腳的樹林。

你可以說那是小學生作句的拼合，但是，誰也不能反對它是一首很好的詩歌，是嗎？那是只有通過孩子的眼睛、孩子的心靈才能觸覺到的富童話色彩的詩境，像來到「大人國」境，看見的是「腳的樹林」啊！

鼓勵孩子以所見、所感，用他們掌握的詞彙去表達出來，這是需要一個好的語文教師做指引的。對孩子來說，那真是最活潑的學習方式，最初，可能還是停留在作句階段，但是，偶然發現佳作、佳句，老師就要忙不迭去介紹，注滿感情朗讀給其他孩子聽，並且好好解說，說明好在什麼地方。這樣，經過幾次，也許有一天，你驀地發現自己原來生活在天才之中……

台灣的國小語文教師在六十年代就倣效日本教育的這個語文教學方法，指引小學生寫詩歌，據說最先是一九六八年間黃基博在屏東他任教的仙吉國民小學開始的，經過十多年，居然蔚為風氣。目前台灣已有兩本發表兒童詩歌的刊物，一本是《月光光》（雙月刊），一本是《布穀鳥》（月刊），每期均發表百首以上，從作品裏可以見到語文教師的指導、啟發和潤飾，也可以見到孩子敏銳的感觸和奇異的想像。這裏試引錄兩首讓讀者一同讚歎：

蛋

這個皮球不圓嘛！
也可以滾吧。
啊！
破了！

哈哈，
太陽
流出來了。
（小學二年級胡安妮作）

太陽和月亮

白天，
太陽值日，
晚上，
月亮星星值夜。
大家都笑說：
太陽沒有膽子。
（小學四年級張榮權作）

美妙的作文

上周末，是本港日本人學校開放日。看他們處理作文課的方式，真使我着迷。在作文簿裏，先看見學生畫的彩色插圖，已經感到滿是趣味。老師出一道作文題：「我看見香港和日本有什麼不同的地方」。然後，讓學生先把他認為不同的地方畫成圖畫，接着才寫文章。

有一個學生畫了一輛有點童話味的、又高又胖的雙層巴士。然後他寫：

「我們日本的公共車只有一層樓，我來到香港，看見公共車都有兩層樓的，十分奇怪。我對這種兩層樓公共車，又是喜歡，又是害怕。我喜歡它像玩具一樣新奇，坐上去就像來到了玩具國；但我又害怕它走路時猛烈搖晃，香港的街道窄，公共車跑得快速停得又急，所以到今天我坐香港的公共車，也不敢坐上它的二樓去。」

還有一篇更有趣。孩子先畫了一堆似蛇非蛇的東西，盤據在行人路上，一旁還有香港的廢紙箱，一看就知道這是香港街景。你想知道文章的內容嗎？

「在日本，我很少在街上碰到狗屎的，就是偶然看見了，也只是小小的一點子。但是，在香港的街道上，我常常偶見狗屎，而且，我想香港的狗一定吃得很豐富，因為我碰見的狗屎都是又大又多，總是滿滿的一堆……」

學生思路活潑，寫出來的文章具體、生動兼有趣。這應該記語文教師一功，他成功地引導學生愛上作文課。要孩子先畫一幅圖，其實就是自然地幫助學生組織寫作材料，他一邊畫，總要一邊思索，畫好了，文章也構想成熟了。我想這種「畫圖作文」的方法，香港的語文教師是可以借鏡的。

這又使我想起，台灣有一個很好的作文老師，叫做黃基博，他教學生作文的方法多姿多彩，還自費出版了幾本講述自己教作文方法的書。他創造了一套讓小學低年級學生提早寫作的方法。其中一種叫做「寫童話信」。

原來孩子單獨的時候，常常喜歡跟自己心愛的玩具談話，有時也可以看見一些一、二年級的學生，在花園裏跟花兒低語。把事物擬人原本是孩子的天性。黃基博老師把握住孩子這個特點，引導他們寫童話信。他先讓小朋友了解信的簡單格式，然後讀幾篇示範的童話信給孩子聽，引導他們去欣賞和觀摩。重要的是教孩子先有一個要說話的對象，然後想想要說什麼，跟着就把要說的話寫下來就是了。

以下引錄兩篇孩子的作品，讓讀者欣賞，聽聽他們柔美的心聲，也和孩子一同投進童稚的世界裏：

給桌子的信

桌子哥哥：

你好。每天你都陪着我做功課，使我成績進步，我很感謝你。我天天在你臉上寫字，作文，畫圖，你不討厭我，你真好！

桌子哥哥，你一定很辛苦，老師不罰你，你也要四條腿站着，從不坐下休息，我長大了，做一個有學問的人，也不會忘記你。祝你快樂！

二年甲班黃幸芬

給布袋木偶的信

木偶弟弟：

你真是我的好朋友，我做完功課，覺得悶的時候，就把手伸進你身體裏，我用我的手指做你的手，我又用我一隻手指使你的頭會活動，這樣，你會和我擺手，又會和我點頭，我常常替你說話，你會出謎語我猜，每次我也猜中了。木偶弟弟你真好，爸爸媽媽上班還沒有回家，就靠靠你陪着我，使我不寂寞了。

祝你快樂

三乙謝文彥

我想，作文教師批改那些「看圖作文」，或是這些「童話信」，一定也會着了迷吧！

唐詩幼讀

你問我什麼時候回家嗎？還沒有定下日子呢！我還留在四川做客人。現在四川的巴山在下着大雨，下了一夜也沒有停，雨水把秋天的池塘全漲得滿滿了。唉，這綿綿的夜雨真使人心煩。什麼時候能再和你在一起，在燭光下，靠着西窗，給你說說我在四川作客的心情，給你說說這一場巴山夜雨！

雖然眼前是仲春的濃霧，而我仍身在香江，上面一段話可不是在說夢囈啊，是從友人家回來，剛才看見她的孩子才五歲，唐詩卻琅琅上口，唸得投入時還伸展了姿態，我也被這可愛的孩子感染了，歸途上，自己也禁不住沉吟起一直最愛的李商隱的詩章：「君問歸期未有期，巴山夜雨漲秋池。何當共剪西窗燭，卻話巴山夜雨時！」後來，腦袋裏一直在「跑野馬」，回到家裏，妻說我像個午夜飄回來的幽魂，她不曉得我在迷想着怎樣把唐詩試譯成孩子也看得明白、又能被感染的語體文，路上就唸唸有詞，在試譯這首《夜雨寄北》，回到家裏還想着想着，又忙去拿紙來，一口氣試譯了幾首，就想——誰可以給我出版，應該出版一本好好的《唐詩幼讀》，讓更多香港的孩子愛上唐詩。

仲春：春季的第二個月，即農曆二月。

「跑野馬」：比喻思想或所說的話天馬行空，不受拘束。

詩樣的謎

看過了不少英文謎語，就越發覺得我國的民間謎語可愛。因為我國的謎語亦詩亦謎，謎樣的詩，詩樣的謎。這種特有的韻文式的謎語在英文謎語中不多見。

寫給孩子猜的謎語就更可愛了，因為它常常是一首優美的兒歌。

「千條線，萬條線，落在河裏就不見。」這首短歌猜的是「下雨」。

「一個球，圓溜溜，白天人人見，晚上就沒有。」這是猜「太陽」哩！

「一夜北風萬花開，我從天上降下來，今宵人間借一宿，明朝日出返天台。」這首仿七言絕句謎底是「雪」。

「青衫少年郎，今日瘦又黃，舊事休提起，淚滴滿江河。」這首悲歌卻是「撐船竹」的謎面。

還有一首你小時候一定猜過的、謎語裏的極品：「一朵芙蓉頂上栽，錦衣不用剪刀裁，雖然不是英雄漢，一唱千門萬戶開。」哪一位民間詩人把雄雞的英姿詠唱得這般動人？

孩子喜歡猜謎語，因此謎語也戴上「兒童文學」的桂冠。因為謎語透露了一點點，又遮掩了一點點，這樣最能逗起了孩子的好奇，引發他要追尋的興趣。做老師的，如果能借助孩子這股興趣，引導他去思索、推敲，常常可以達到很好的教育效果。謎面像一條線索，輕易地引孩子認識事物的不同層面，或是認識一個字的筆畫結構，這不是輔導教課的最好東西嗎？

社會在進步，新事物不斷出現，謎語也應該創新吧。眼前的電視機、錄音機、照相機、太空船、汽車等等，也該有些謎語去猜它一猜吧？我試寫了數則如下：

四四方方真神奇，又會唱歌又演戲，
請你不要迷上我，留班不是好滋味。

纏纏繞繞長又長，住在匣裏好思量，
有誰喚起他記憶，細細對你唱一場。

獨眼姑娘真嬌俏，眼睛長的最奇妙，
有誰讓她看上眼，眨眨把你描畫了。

我是船，我是船，不在水中浮，卻要闖上天，
天邊秘密我要知，嫦娥玉兔未曾見。

人人叫我做老虎，其實我最怕老虎，
還有白袖騎鐵馬，投我一票嚇壞了。

我的謎語創作

謎語是小兒科，也不是小兒科。說它是小兒科，因為謎語最吸引孩子，是孩子的寶貝，從中既得到遊戲的樂趣，又滿足了好奇心，孩子要調動他的常識、聯想力、推理力，才把謎語猜着，所謂兒童智力訓練，有什麼比猜謎語更靈活多姿呢？作為一個語文教師，給小朋友猜謎語，也是一種讓孩子寓遊戲於學習的好方法。中國謎語在文學中佔有一席位，因為中國謎語從來是亦詩亦謎；兒童謎語，就是一首兒歌，孩子喜歡謎語，還因為它能琅琅上口，滿足了孩子天生喜歡韻文，喜歡順口溜的文字之故。成人的燈謎，未可以遊戲文章視之；孩子的謎語，是兒童文學重要的組成部分。教育工作者若珍視謎語的語文教育價值，也必收到意想不到的效果。

近年我寫了約二百首謎語，作為詠事詠物去寫的，試錄一些如下：

漢堡包

上邊下邊靠農夫
中間一層請屠夫
德國先生送名字
中西朋友笑呵呵

墨水和鋼筆

一瓶黑酒請他嘗
骨都骨都灌滿腸
千句萬句醉人語
酒都化做話千行

乳牛

你給我漫山遍野
我給你營養早餐
你對我彈琴唱歌
我對你搖頭唔唔

口琴

長長方方一個盒
載着什麼不要問
只要對它親一親
送上神奇的音韻

織毛線衣

兩根短短魔術棒
一條長線無盡頭
就憑一雙奇妙手
温暖的心意悠悠

鋼琴

一羣鴨子會唱歌
黑的少來白的多
鴨子頭上按一按
唱起多拉米法梭

放屁

有聲沒有型
最不受歡迎
猜中不准笑
偷偷響一聲

芭蕾舞

她的名字叫美妙
看了幾眼陶醉了
掂起腳尖似飛翔
請你拍掌勿呼叫

妙謎

暑假裏一個夏夜，乘列車一下子就來到大學站，這兒空氣甘冽，有星光、有習習涼風做伴，而且，還有兩位遠方來的朋友，是研究兒童謎語的。我留意香港方物並寫成謎語有年，於是三個加起來百餘歲的人卻津津有味地談兒童謎語，亦樂事也。中國謎語一向以詩入謎，文字遊戲亦是上佳的韻文；高風亮節的名士更借謎言志，似乎比以詩言志更上層樓了。但我們不是談文人雅士的燈謎，是談孩子的謎語，他們可以藉着謎面去學做「偵探」，謎面布下「蛛絲馬跡」，他小小腦袋就調動了全部智力，去學習摸索與推敲，例如，「非洲草原它老家，城市馬路做廣告；把它放進動物園，大人小孩樂哈哈。」孩子若因而聯想到馬路上的「斑馬線」，謎底「斑馬」就馬上猜着了。

妙字

設計字謎的人，一定頭腦靈活，想像豐富，並且看懂了漢字的象形妙趣。你看，一個這樣的謎面：「搥打兩拳，再踢一腳，有工不去做，天天打麻雀！」謎底嘛，是個「鴻」字，那三點水邊旁，就象形為「兩拳一腳」，真是妙趣橫生。再看一句：「一幢房子不尋常，築在清清水流旁，門外下着零星雨，門裏藏個小太陽。」謎底是個「澗」字，謎面句句有真意，還帶出一份詩情。好謎也！還有一句：「一張弓兒彎又彎，兩枝箭矢插中間，有個傻仔站一旁，金雞獨立腳一撐！」謎底是個「佛」字。以下一句亦是好謎呢：「沒有小孩一大人，他的職業是工人，業餘也去當大夫，假日拍拖成二人。」，這個謎面你非要看清看透不可，是個「天」字，天字第一號的「天」呀！

精粗美惡

現在香港報紙的副刊均有大框小框的專欄，刊載文藝小品，由二百三百字乃至千字，內容性質完全自由，可以敍事，可以議論，可以抒情，可以寫景，小品文短小而精悍，符合香港的生活節奏，大抵就是成雨後春筍之局的因由罷。

但是說實在的，報紙上的小品文有精粗美惡的差異，讀到美文，自然很好，只是在這些文藝雜燴前，倘若未能精於辨味，恐怕沉溺在其中反認同了粗惡的文風，無聊的內容。試買十份香港最暢銷的報紙看看，把副刊裏日日見報的專欄剪下來，然後每篇細讀，再設計一個用來分析的表格，看看平淡裏見機鋒的有多少，笨拙庸俗的有多少；雋永縝密的有多少，粗惡疏陋的有多少；文字或洗練或綺麗的有多少，鹹鹹淡淡地胡扯一頓、用詞造句滿紙是「呢D嘅D」的有多少……然後，也可以按你的喜惡，給個分數。相信這是容易做的抽樣研究，你可以很快得到答案。

你看香港的大框小框的小品文，總的趨勢如何？對年輕人的寫作有好的影響還是壞的影響？幫助我們培養起正確、敏銳的觀察力還是有害於我們模糊事物的是非標準和瓦解我們對生活的吟味力？你能把答案告訴我麼？

生活在小說裏

你說奇怪不奇怪，原來是這樣的：在法國（甚至整個世界），十九世紀以前，作家都喜歡在寫小說時，忽然自己出現在小說裏，貶低這個，褒獎那個，溢於言表。做小說裏的人物也許要戰戰兢兢，不知道什麼時候作家要跳進來，不管三七二十一，主觀地批評你一頓，不准你這樣做，不准你那樣想。

直到福樓拜的出現，小說裏的人物才有了自我，故事裏的主人公完全可以按照現實生活的邏輯去發展自己的個性，容許了獨立不羈地思想、處事和找到自己必然的歸宿！

我的天，我現在不是冷靜地、無動於衷地去談「小說發展史」吧？還是談我們有血有肉有靈魂的人的真實社會好了。

在我們人生路途上，可以容許我們不受干擾地發展自己的個性嗎？容許我們獨立不羈地思想、處事和找到自己要奔往的終極目標嗎？請告訴我，人類社會的「福樓拜」何時蒞臨？不要讓「小說發展史」專美於前啊！

特別是我們中國人的社會。

小說發展史說：「福樓拜給人物的存在以極大的自由，決不對人物的命運橫加干預。他小說的現代性，歸根結底就是作家的客觀性。」

誰來寫我們的命運小說？

隔世的遙遠

讀過一本書，叫《遠離莫斯科的地方》，提起來似乎隔世那麼遙遠，但是這本書洋溢着開國者的浪漫，今天想起來也彷彿在撼我心靈。這本書寫一羣俄羅斯的年輕人，滿懷理想，跑到庫頁島那未開墾的處女地去和大地親吻。說艱苦，自然艱苦透了，但是作者把每一個生命都塗上浪漫的色彩，因而使讀者也聞到那生活的芬芳馥郁。

說到底，人不怕苦，拒絕苦不是人的天性。看孩子你就明白了，為了陳皮梅可以喝苦茶，為了一件母親的獎賞願意打防疫針。

問題不是苦，是苦後嘗到甘甜，得到獎勵，享受到果實。只要看見自己艱辛經營後得到哪怕是程度微小的發展，苦回想起來也是甜的。

我常常天真地想：咱們的祖國，卅年前，就放手讓政治家與文學家攜手，一個為藍圖構思，一個適時地給它讚美也容它揭露：艱苦時加點浪漫，甜蜜時滴些辣油，那該多好！

我們實在太需要親愛的文學家、藝術家啊，請讓他們實實在在地走一條由客觀世界去主宰他們命運的路吧。

溫暖

在一個酒會上遇見了中學時的校長吳老先生，他握着我的手，說：「在報刊上常讀到你的作品，寫得越來越好了。」我聽了赧然，垂下頭拉着友人躲開了。

不過，長輩的鼓勵，也實在很溫暖我的心。與同去的友人離開了酒會，踱步到海旁。我倆倚着欄杆，呼吸着海風。

「說實在的，你寫得進步多了，為什麼寫得這麼好？」友人彷彿在捉弄我，但回頭看他，一臉正色。

我望着顛簸的海浪，說：「如果真的有進步，那大概因為我窮過。童年時到植物公園的『小兵頭』去鑽暗溝是最好的娛樂；讀黃慶雲編的《新兒童》，每一期也發燒，但從沒有讀過一本新出版的，都是用一兩角錢在舊書攤買的。離開學校，晚上在兒童報社的門市部裏的玻璃飾櫥邊睡活動帆布牀睡了三年多。結婚後，戒指數度送到『二叔公』那兒換口糧。跑印刷廠那年，常常看見一個做切紙的工友，把在襁褓中的幼兒帶回廠上班，就把孩子放在切紙機腳下睡覺。那小生命與大鍘刀混在一起，常使我驚心……」

「文章窮而後工也有點道理。」友人微笑說。

「老是窮也不行，潦倒困頓會把你的精力吸乾，若生活壓力逼迫着你，哪來寫作的餘暇？窮大概不是主要的……」我說。

赧然：形容羞愧的樣子。

植物公園：於一八七一年建成，到一九七五年改名「香港動植物公園」，有「兵頭花園」的別稱。

《新兒童》：一九四一年創刊，由著名兒童文學作家黃慶雲創辦及主編，每半個月出版一次，是香港第一本兒童文學雜誌。後於一九五〇年停刊。

二叔公：粵語中可指當舖裏的「朝奉」，負責為客人交來的物品估價、辨別真偽等。這裏借指當舖。

感動

最近與朋友談論「感動」。他問我：「今年，你有過多少回感動？」我失笑了，之後又啞然，要麼是心絃扳得過緊，要麼是那絃索早已鬆弛。唉，別問今年，要問大概應問：這十年來，你有過多少回感動？

不過，青少年時代我是常受感動的，看一本小說，會感動幾回；藍天白雲間看見國旗飄揚，也會無端感動。

我問他：「什麼叫做感動？」於是我們有了爭辯。他說那是情緒波動的一種。我說：不是情緒吧，一陣憤激，一陣狂喜，這怎麼算感動呢？如果感動因之乎情緒，那麼對着那些煽情電視劇集時，豈非一直在受感動？它煽起你的情緒，跟主角一般去憎，去愛，去加入那暴力場，那又何需感動？

他反問我：「什麼叫感動？」我沉默了一會。後來，我嘗試這樣答：那是情操，或者專門指一種高尚的情操，由於受到外界的影響，漸漸積累到一個飽和點而併發至一個感情的高峯，是為感動。感動的強度因人的年齡、性格、氣質有異，也因發生於眼前的內外因素而異，凡大感動時，會慟哭，甚而全身顫抖，而後來都會覺得那是一種心靈的享受。

我相信感動都來自高尚的情操，如人與人間真切的關懷，或自我犧牲精神、努力進取精神，又或者對美的極度欣賞，一份愛國的激情，人倫之愛，男女之愛等等，都會由於你目睹，你所知聞，而使你深受感動。並且，生活裏頭不易感動，但在文學藝術作品裏，因為經過概括，集中典型，反容易使你感動。

最後，我們都同意：一個人的成長過程中，心靈極需要常被感動，每一次感動，都是一次很好的情感教育。要造一個高尚靈魂，「感動」必不可少了。

舉重若輕

有這麼一個故事：村裏有一農夫，每天清晨抱一隻出生不久的小牛跳過一水溝，到田裏去工作，晚上又抱着小牛跳過水溝回家。每日都是這樣做，從沒有間斷過。兩年後一個早上，偶然有人經過，看見農夫竟抱着一頭大耕牛跳過水溝，看見的人驚奇得呆住了。這事情一下子傳遍村裏，好奇的人都湧來觀看這位力大無比的神奇勇士，但是，農夫卻懵懵然，不知道這有什麼奇怪。原來。這是日久鍛煉之功，小牛一天一天長大，農夫每日抱牛過溝，力氣也在漸漸中增強了，等到小牛變成大牛，這六、七百天的鍛煉，已經使這農夫舉重若輕，但在他的感覺上，也一如最初抱小牛過水溝一般而已。

這個故事是豐子愷在他的《緣緣堂隨筆》裏説過的，作家着重説明「漸」的道理。可是我閱讀這故事，卻悟到堅持的可貴。設若這農夫不是堅持每天這樣做兩回，他是決計不會練出這般力氣，所謂「漸」的禪理，也不會發生作用。

我認識一位青年朋友，五年前從廣西移居香港，他勉強插入一家英文中學唸F.1，可是，他的英文程度是僅認識廿六個字母而已。從入學那一天起，他堅持每晨五時起牀，學習英語兩小時，沒有旁人指導，他從強記字彙開始。

最近，朋友們都去祝賀他，因為，他會考成績取得了四個A級，其中一科是英文。秘密在那裏？他舉起兩個指頭，我們以為他自傲地做個V字的手勢來表示勝利，後來才聽他苦笑着細細道來，是兩個小時之功——是五年來即一千八百多日堅持每晨兩小時學習英語所結的果；曾經有兩年暑假他去做暑期工，到汽水廠去搬運汽水，回家後已疲累得要命，第二天五時鬧鐘響了，他卻無法張開眼睛，但是，他說當時彷佛聽見耳旁有喧嘩聲，有一大羣人給他喊着「堅持下去」的呼號，他一躍而起，把頭伸到水龍頭下，讓冷水「嘩啦」的沖擊頭顱，這樣，他還是沒有間斷……

堅持下去，需要意志與毅力。這位青年人，我衷心地佩服他。

兩條軌跡

我認識兩位從事文學藝術的年輕朋友，談起來，覺得他倆從起步到今天，兩條軌跡殊異，卻也道出一些內涵。

兩位都是從內地來的，在國內，都有過較全面的基本功訓練。A君是美術學院出身，B君是一本內地文藝雜誌的培養編輯。

A君來港，打聽一些繪畫的門路，就上門求工作，酬金高的就用心去做，酬金低的，就先接回來，心想：「什麼價錢交什麼貨」，酬金低的一律草草了事。這幾年，他天天忙，大的小的都做，廣告、連環圖、書刊插圖也畫。我看過他的作品，竟隨着來港日子遠近而每況愈下，他解釋說：「沒法，給的都是行貨價錢，只好交行貨了。漁翁撒網嘛，也可以叫人海戰術，這撈什子地方，沒藝術可言！」言中滿是憤怨。

B君來港不久，靠親戚的介紹，我們很快就熟稔了。我鼓勵他寫，認為好的交給我，讓我給報刊推薦發表，他卻默默無語，反叫我介紹些可以多接觸人的工作讓他幹。以後，我知道他常常寫，但卻把稿留着，沒有急要發表，我還知道他幹了幾個行業；售貨員、工廠工人、戲院帶位員、銀行職員等。我以為他大概不打算寫作了。不料，我居然從一次公開的兒童小說創作獎的得獎者名單中看見他的名字。接着，他以一篇《阿達的故事——一個戲院帶位員的自白》得到市政局舉辦的文學創作獎小說組第一名。不久前，他喜孜孜地告訴我，已經被香港一份極有名氣的大型刊物聘請去了。最近，又知道已經有出版社印行他的作品集，我真為他高興。

撈什子：對某樣東西表示厭惡的叫法。

記起了唐老師

最難忘的是中學時代一位姓唐的國文老師，她上每一堂課，都把心整個地投進去的。以前我不懂什麼叫新詩，聽過她一次朗誦，我就好像忽然懂得很多了。還記得有一課，她先簡單地給我們介紹聞一多，從他一九二二年到美國留學說起，說他怎樣看見中國人被歧視，唐人街的華僑是怎樣像奴隸般做洗衣工作，半夜三更點一盞洗衣燈，偶然滴下思鄉的淚……到一九二五年七月聞一多回國，看見當年的中國那內憂外患的樣子。說到這兒，唐老師停了聲，讓課堂的空氣顯得冰冷，這時候，她就開始用帶着懸疑、神秘感的語氣，富於節奏感地，朗誦聞一多一首名叫《一句話》的詩了。

有一句話說出就是禍，
有一句話能點得着火。

別看五千年沒有說破，
你猜得透火山的緘默？
說不定是突然着了魔，
突然青天裏一個霹靂
　爆一聲：
「咱們的中國！」

這句話我今天怎麼說？
你不信鐵樹開花也可，
那麼有一句話你聽着：
等火山忍不住了緘默，
不要發抖，伸舌頭，頓腳，
等到青天裏一個霹靂

爆一聲：

「咱們的中國！」

我寫到這裏，彷佛又回到廿多年前，在課堂裏我是坐在最前排的，唐老師講課時喜歡挪步到學生座位前邊站着，所以她朗誦時我目不轉睛看着她，彷佛感到她急促的呼吸，聽她凝聚全身力量似地呼出最後一句「咱們的中國」時，我的心也彷佛跳離了心房。並且，這句話也常常使我在往後的日子裏低廻、思索，常亟亟地要了解中國，認識中國，為她而自豪，也為她而淌淚。並且，後來當我也任教師時，心中就升起了唐老師的榜樣。我絕對相信教師對學生潛在的影響，因此，當要挑起教師的擔子，就要像唐老師那樣：精神投入，再投入。

亟亟：急切，急忙。亟，粵音激。

輕喚祖國少年

接信知道成都的四川少年兒童出版社打算為我出版一本集子，我就迷惘了。這迷惘可不是迷失，可不是悵惘，而是對一個無根的游子，一個漂泊的浪人驟然有歸宗歸源的召喚，那深邃的磁力，怎不叫人迷惘？

二十多年前，我曾擔任過地理教師。我喜歡教中國地理，當説到四川，更是浮想聯翩，我説蜀道，説諸葛，説杜甫，説山説岳，説河説谷。記得那年代香港有一位電影明星，叫做「嘉玲」，我卻書呆子十足，居然不曉得有這麼一個明星，當我熱情地讚譽嘉陵江美的時候，孩子都在下邊竊竊笑語，我還隱約聽見學生説我大概是「嘉玲迷」，我卻懵然未明，回到教員室，與同事談起，才知道學生把「嘉陵」混作「嘉玲」了。

而二十多年後，那無處不飛花的錦城，那嘉陵江的驕子，傳來柔柔的叫喚，怎麼不叫我既迷且惘啊！

啊，容我輕輕招呼：親愛的祖國少年朋友，我在香港這兒向你們問好！香港，不是天堂，也並非地獄，如果說香港是祖國南大門一顆璀璨的夜明珠，相信誰也不會反對；孫中山先生，朱光潛先生，許地山先生，都曾在這兒受教育或教育人，民主革命的年代，抗日戰爭的年代，內戰烽煙的年代，這裏都曾為中國革命積聚過力量，不少仁人志士以此地作為避難所；這裏又似是一切中西文化交流的匯點，西方的精華同時夾雜着大量渣滓，溶混一起，在漂染着人們；生活在這裏的人，有低吟、有高歌，有大步、有掙扎，有沉淪、有覺醒，但不論怎麼樣，大部分人都是勤奮得近於自虐，借着相對安定的環境，去苦苦建設自己的天地。

而我，打從日本陷港的年代起就蝸居香港，太平洋戰爭，我正當童年，在日本侵略者的鐵蹄下度過三年多苦難的歲月，戰爭時父親病逝，重光時已家徒四壁，母親出外替人當傭工，我在灣仔做野孩子，做半個孤兒，但當我孤獨寂寞時，我找到了文學。當年黃慶雲（我們都親切地稱她做雲姊姊）在香港辦了一份兒童雜誌，叫《新兒童》半月刊，我常常流連舊書攤，常把人家看過賣給「收買佬」又轉賣到地攤來的《新兒童》當做珠寶，每當省下兩三角錢，就到地攤去尋心愛的書；《新兒童》除刊載雲姊姊的作品外，還刊金近的，胡明樹的，歐外鷗的，謝加因的，呂志澄的……我可以如數家珍般，記起這些作家與作品，就是這些兒童文學伴我度過童年，讓我的視界在小小四壁間展開了無垠的天地。

從小學而中學，中學而任「孩子王」，又轉到《兒童報》任編輯，繼而任兒童書店經理。常常是上刻被雜務纏過了，上刻為升斗與人家爭持過了，下刻就一頭鑽進文字的淨土裏，寫孩子的憂傷，寫孩子的快樂。我斷斷續續地歷時十年寫了一堆兒童小說，常常是一面被催稿電話追索，一面又恍似被什麼陰魂扯去做「靈媒」，神推鬼撞間，就把生活的辛酸，歡快，借一枝禿筆，融溶了童年的記憶，眼前的光景，流瀉到紙上。

倘若寫了這些染有南方小島彩色的小故事，也能讓內地的少年朋友喜歡上了，那是因為生活，也惟有生活，才是醇醪之釀的葡萄。

一九八二年中秋節於香江

錦城：四川成都的別稱。
醇醪：濃烈精純的美酒。

寫作之路

□什麼叫做寫作？

■寫作是什麼？這是個普通問題，也是個玄妙問題。我們表達思想，用的方法是：表情、手勢之外，還必需語言和文字。寫作就是以文字表達思想，感情而已，這不是一個普通問題嗎？說它是一個玄妙問題，就因為寫作竟肩挑起整個人類的文明進步，擔負起上下縱橫、古今中外人們的溝通。進圖書館裏，頁頁的白紙黑字，都是寫作人的心血，他們不但以文字表達思想、感情，還以之紀錄每一個時代的得失成敗、文化動向。寫作，這個詞的容量真是可大可小呢！

□你怎樣走上了寫作之路呢？

■那源頭是因為寂寞。我是個獨生子，又三歲喪父，母親忙於家計，童年時太平洋戰爭暴起，家居附近有學校被炸毀，母親後來竟從瓦礫中拾了些學校圖書館的書回來，於是，寂寞的童年除了小雞小鴨做我的玩伴之外，就是那些被戰火遺棄的書本。記得有一本五經堂印的《兒童詩歌》，我從小跟着母親唸：「鵝鵝鵝，曲項向天歌，白毛浮綠水，紅掌撥清波。」外面是戰火連天，哀鴻遍野，屋內居然還有清波流水，天鵝唱歌，恐怖與寂寞也多少被消溶了。年七歲香港重光，但那日子記憶中還是寂寞的，也許歷經離亂，小小年紀就學會為心窗築起籬笆，什麼也不好，只好到舊書攤抱一些舊書回來，高枕而讀，從《少年航空兵》到《白雲珠海》，從《牛精良大鬧東京》到天空小說家李我的豔情小說，後來迷黃慶雲的《新兒童》，及後又迷章回小說……讀書也似吃牛雜，牛膀、大腸，豬肺一串，就在口中「枚」呀「枚」，骨嘟一聲吞下肚。

讀與寫常常是關連的，讀之後就寫了投到報館的副刊去，新晚報的「大家談」，及後又《青年樂園》，還有麗的呼聲兒童節目組也投些通訊稿之類。不過更多是寫了來自娛的。寫作是遊戲，是滿足發表慾，是情感滿溢時一種承載，是找一個與自己音叉共振相同的人，相互鳴響一下而已。

記得在學生時代，最大的滿足是為演出寫劇本，寫朗誦詩，寫相聲，寫牆報的短評。因為這邊寫了，那邊就用了。

還有更大的滿足呢，有一段長時間遵學校舍監的囑咐，為星期日留宿的小學生講故事。一段不短的歲月，每周一講，星期六下午我就得躲進圖書館，為明天的故事找材料，我很重視，事後又極度的感到是一種享受。因為在二十來個孩子前，自己就為自己築起舞台，為他們表演一場好戲，他們的反應熱烈，是最大的回報了。最初是找現成的故事，後來就加上自己的東西，所謂「爆肚」，久而久之，就百分之百創作了。

離開學校，有機會進一家規模較小的報館工作，於是編輯、記者、寫作人「一腳踢」，這六年的寒窗（辦公室對着海，寒風透窗），使我學會不少，鍛煉不少，常常為出版趕稿到五更，苦也苦也，亦樂也樂也。

□讀書與寫作有什麼關係呢？

■其實甘苦相融，正是寫作人受用的地方呢！寫作是「出」，讀書與觀察人生是「入」，因此還不止構思之甘苦，還在於要不停閱讀。讀書有得，是甘也；時間日少，要讀的書擠不到時間去讀，是苦也。我是個愛書人，書不但為讀而買，有時更是為了蒐集，如集郵愛好者，而我是個集書愛好者。所以後來硬要做出版人，由愛書而製書，也是樂也。但書若售不去，自然苦透了。讀書與寫作，這話題前人說過不少了。我也並無新意。但讀書習慣要從孩提時期開始，卻是我深深的體會。若果少年時與書無緣，踏入青年、中年，就更不會看書了。現在社會訊息傳遞有很多途徑，似乎不讀書還可以擁抱世界，但是，感情的冶煉，沒有書，他的生命一定會易於枯竭。我常感自樂的，倒不是我愛寫作，而是我愛讀書啊！

廣告和流行曲

□廣告居然也入文學，大滑稽了。

■廣告是現代生活的綜合體，它可以是美術，可以是攝影，可以是第八藝術——電影，可以是心理學一門，可以是經濟學一環，可以是社會學，可以是數學，它是Interdisciplinary，它也是Stylistics，它無疑問是一門綜合性的「邊緣科學」。文字是廣告的靈魂，它有潛台詞，它需要完整周密的腳本，它可以高雅，可以通俗，誠意是上品，欺騙的語言不齒於廣告界。廣告撰文常借助詩的韻律及語言，並且常遵從所謂「豹頭」、「熊眼」、「鳳尾」的寫作法，撰廣告文稿的人需要高度的文字修養和幽默感……對不起，我說得太嚕囌了，我其實只是想說：為什麼我們搞文學的朋友，硬要為「文學」把關，不准廣告入文學呢？當其他門類的藝術與科學在張開懷抱迎接廣告加入的時候，而最需要文學技巧的廣告，卻被摒之於文學的門外，那不是太……太滑稽麼？

□廣告的要害是商業，商業滲入文學，那是什麼樣的文學？

■若商業是砒霜的話，文學則染毒久矣。文學借文字刊於書本內，書本是要從貿易的途徑到達讀者手中的。文學是經由作者的想像、感情，而訴之於讀者的想像、感情，無疑文學第一條是要感動讀者。但無論古代刻簡為冊，或今日植字成文，當中都離不開工、商的媒介。顯然，商業並非砒霜，它在推廣文學上，毋寧說是文學的功臣。就以唐杜牧的一首膾炙人口的詩來說吧：「清明時節雨紛紛，路上行人欲斷魂，借問酒家何處有，牧童遙指杏花村。」有誰曉得，杜牧是不是在為杏花村這酒家做廣告呢？魯迅就十分重視廣告，親自為書刊廣告寫廣告詞。蘇聯詩人馬雅可夫斯基高呼要為革命寫「廣告詩」，雖然那是「鼓動」的同義詞吧，筆者卻以為未始不是殊途而同歸。

□廣告可能有文學的形式，但它既無抒發情感，又無宣達理想，它要引起讀者共鳴的惟一動機是鼓勵消費，入商人布下的圈套。還有呀，一部圓潤的文學作品，其價值來自真、善、美的探求。嗚呼，「廣告文學」是什麼？錢、錢、錢，它在製造購買慾。請問廣告的「永恆性」在哪裏？什麼是它的美之所在？

■廣告被濫用、誤用，卻不是廣告的錯。現代這信息革命的世界，「第三波」在衝擊現代人的生活，廣告信息並不是商人的單軌行車線，它已成為商品與消費者的紐帶，而「商品」這一「中性」的廣義詞，從來不排斥真、善、美的探求啊！譬如：引起人們進劇場、進音樂廳的廣告，引起人們買一副最新式的微型電腦的廣告，誰敢說沒有包含真、善、美的探求呢？優秀的電視廣告產生強烈的美感，這是誰都可以從生活中得到印證。我們可以要求廣告有高的質素，我們可以對宣揚不良意識的廣告表示噁心，但我們不可以把廣告的價值只捆在商人的口袋裏。至於廣告藝術的「普遍性」，有獨特風格的「個別性」，從暗示產生的「鼓舞性」，這些特質是不容置疑了。而「永恆性」呢？這可以說是廣告的弱點，賣牙刷的幾十年前已經用一句雙關詞：「一毛不拔」，但隨着牙刷的改良，「不脱毛」已毫不稀奇，它的最新撰詞是「像牙醫的工具」。因此，廣告可以入文學，但它是在邊緣上的，要知道，論題從來不是：廣告是文學的精粹。

□我們改個論題，流行歌曲詞是不是文學，報紙副刊的方塊是不是文學？

■這裏沒有「百合匙」，一個鎖靠一把匙去開。這要看什麼的曲詞，什麼樣的方塊文章。有人説香港流行曲的曲詞水準不高，是耶非耶有待研究但卻不排斥流行歌曲詞可以入文學之説；方塊文章更不用説了，不少已出版成單行本，從不同寫作人的筆觸中，可以窺探到一個多元化社會的瑰麗多姿。

宋詞人柳永，在青樓歌妓間流連，不少留傳後世的詞，實質上是當時的流行曲詞罷了，「凡有井水飲處，即能歌柳詞。」可知流行之廣，媲美今日「白金唱片」吧，但誰説柳永的詞不是文學呢？記盧業瑂唱《坭路上》（鄭國江填詞）我一聽就喜歡上了，愛情路上有泥濘、有雨雪，這首歌曲詞就是一闋可歌、可誦的輕清平易的好詩，容我引錄吧：

坭路上，常與你，踏着細雨歸來，簑衣半襲，雨裏並遊，豈不快哉！雲淡淡，常與你，漫步細說將來，歌聲滿路，笑語滿懷，當初哪知，這是愛？離別了，方知當初太笨呆，卻也太可愛。還願你珍惜當初那份情，情懷莫變改。坭路上，懷過去，又覺愛似青苔，不經意地，細細蔓延，竟將我心滿載。

且不說歐美、日本，我國自二十年代黎錦暉，到八十年代顧嘉煇，中國流行歌曲存在近七十年，積累了多少曲詞呢？比較好的流行曲詞應該說是不少的。賦比興的運用，押的韻，抒的情，寄的意，都先先後後有公認的佳作。當年的陳歌辛到今天的劉家昌，一竹篙打下去的，說它靡靡之音也罷，卻無損於早有的定論，不少流行詞有詩意、詩心，你不承認它在自轉，它卻逼你而來，如雷貫耳。

尤應一說的是近十年香港曲詞界新人輩出，以粵語譜詞儼然成南國奇葩；雖然有人不願意看見，卻成席捲華南乃至東南亞之局。當中有低級意淫之作，應口誅筆伐之，但瑕不掩瑜，用詞、用韻有清新意之作着實不少。

□你似乎越說越糊塗了，文學應在殿堂裏供奉，若街頭巷尾任由擺賣，還會是文學嗎？

■這個……這個……唉，我們不如回頭來再去界定什麼是文學吧。我想，陽春白雪，下里巴人，造物者是公平的，它們都有文學的因子。

有一點實情是：在電子媒介發達的現代社會，以文字作傳媒的文學受到衝擊，文學在香港日漸不受重視。（日前中國作家代表團來港訪問兩周，見報章報導疏落，或可作一例。）此地的文學工作者應有廣闊胸襟，多方鼓勵，兼收並蓄，只要有助於豐富和提高人們精神生活並以文字介入的藝術，都禮請它到文學的領地來吧！畫地為牢，似乎抬舉了文學，卻可能有害於文學。

陽春白雪：春秋時期晉國的樂曲，比喻高深、難理解的文學藝術。

下里巴人：戰國時期楚國的民間通俗歌曲，比喻通俗的文學藝術。

童話

美國有一個童話大師，他沒有考取到博士名銜，但他不甘心，就把自己的筆名叫做「博士」，他名叫蘇斯，每次，寫了故事之後，就大筆署名「蘇斯博士」。這個大師與安徒生最大的不同處，是他也能畫。蘇斯博士曾經想像一個國王，他憤怒天空只會造雨、造雲、造霧、造雪。他命令天空另造一種非雨、非雲、非霧、非雪來。果然，他的命令生效了，有一個早上，天空出現一片淡綠，並且又淡又濃，天上就落下一陣陣綠色的稠稠的，黏黏的非雨、非雲、非霧、非雪，名字叫做「靂」！教堂的鐘聲啞了，因為鐘錘給黏住了，田裏的牛不能耕田，因為腿都給靂黏得動彈不得……蘇斯博士的神奇就在於他用畫筆具體而微地把掩蓋着靂下的人世界畫出來。

奇想

蘇斯博士的代表作還有《一千隻警衛貓》、《象媽媽孵蛋》、《五百頂羽帽》、《國王的高腳蹺》等，廿多年前我初出道，就被他的作品迷住了，並拿起字典就學着翻譯，譯成一本《蘇斯的童話》集子。目前，童話世界的新派作品，分成三個類型，一是帶點科學幻想味兒的；一是有哲理性叫成人也一同來沉思的；一是幽默惹笑，用「出格」的方法去挖掘兒童心中的幽默感。蘇斯博士的作品無疑是幽默童話的鉅構。例如，他想像有一隻懶雀說服一隻大笨象，請牠攀上樹來為牠孵蛋，然後，那懶雀飛到夏威夷去度假；大笨象竟就一副慈父心腸，歷盡滄桑，為了孵蛋就是坐在樹上，寸步不移。故事的結尾，是懶雀回來，要領回牠的小乖乖，卻不料破蛋後，飛出來的是一隻有翅膀的小象！蘇斯博士的奇想可不少。

疑惑

最近參加幾個國際性兒童圖書展的朋友回來，感慨地說：現在兒童書已經發生變化，第一大變是不要故事，要的是趣味知識、新科學，國際上響噹噹的兒童出版社，都在製作資訊性、知識性的兒童圖書，故事書似乎沒落了；第二變是圖畫、照片為主體，文字壓縮到最少最少。朋友慨歎的是直觀的層面上升，思考性的層面下降；要用心靈感受的東西不受歡迎，直接獲得實用意義的才容易掙得出版一角。簡單的結論是，實用主義佔領兒童世界。

香港的潮流也一樣。兒童故事除非以漫畫化出現，否則都是低銷路。兒童刊物知識性、資訊性和圖畫佔主導地位，才容易贏得小讀者。兒童文藝工作者近年都在氣餒，看不見前途，年頭一份氣勢如虹的兒童報紙，半年間如在大浪中顛簸。孩子的心靈如何建設？

階梯

故事書對兒童的影響，弗洛伊德大概沒有說。當代心理學家已注意小孩子接受信息的三大途徑的比較。孩子接受外界信息，一是從影像而來，一是從聲音而來，一是從文字而來。影像是最直接的，一部小電視機，已經可以把孩子立即帶到各種的「現場」去。聲音因為繪聲繪影，通過戲劇化的語氣講述及各種效果的配合，帶出的信息也容易接收。看來，文字在影像與聲音的競爭下，是弱化了呀！因為，文字畢竟是符號，要感到那一連串的字符，帶出豐富的信息，在腦海裏從抽象思維化為形象思維，是需要一個訓練的過程。所以，才有學校長時間的閱讀及語文訓練，目的之一，是使人可以順利過關——通過文字而獲得豐富而大量的信息。其實信心是想說：故事書是吸引孩子進入文字信息世界的最好階梯，請帶引孩子閱讀故事書吧！

精靈

在精神世界，最頻密的創造是「故事」。無論小說、戲劇、電視劇，漫畫故事本都包藏着故事。站在圖書館前，你應該感到內有千百萬個故事的精靈充塞。跑到邊遠的地區，只要有人居，你就可以採集到遠古流傳的故事，一筐又一筐。不少文學大師，他的故事腳本來自民間。很多小說巨構，是從一個小故事賦予藝術加工，配以豐富的枝葉而成。也有原原本本記錄下來成為巨冊的。魯迅先生熱愛中國的神話故事，就成功地寫過多篇《故事新編》。

現在，老祖母給孫兒說故事的時代似乎過去了。代替祖母的是電視機講故事，以豐富的影像直接傳播給孩子。或者，一匣錄音帶，就可以給孩子有一小時的「故事時間」。孩子沒有故事的營養，幾乎是無法長大，電視、錄音帶之外，就是故事書了。

聰明狗真多事

史諾比（Snoopy）國內名翻譯家任溶溶索性把他譯做「多事狗」，他開始在上海譯文出版社出版的《外國故事》雜誌，介紹這一位世界聞名的漫畫明星給中國。香港人認識史諾比有三十多年了，自從美國漫畫家舒爾茨（Schulz）於一九五〇年在《花生》雜誌上推出這連環漫畫之後，五十年代後期在《中國學生周報》中出現，以後就散見於不少報刊上，不但轉載，還有人為每幅寫詮釋。《花生》漫畫中其實有一族人物，最出風頭的是史諾比這多事狗，依次是狗的主人查理·布朗，是個棒球隊長，查理的妹妹雪莉·布朗，他倆的鄰居、朋友露茜，她的弟弟——愛啜指頭和執着手巾才有安全感的萊納斯，音樂迷施羅德，還有瑪西、帕蒂……等約三十名。有三位是小動物，其他都是孩子。出場最多的動物除史諾比外，就是他的忠實小友伴糊士托（一隻小鳥），較少出場的動物是史諾比的哥哥史派克，愛戴氈帽有八字鬍鬚。漫畫家開創了以小孩與動物的故事，反映成人世界的辛酸、無奈、尷尬、躊躇等感情，漫畫幾乎都有對白，而對白精煉而且幽默與諷刺，用香港人的語言，就是「十分抵死」，有人就批評過他只為政客打圓場，為不合理的事物找出氣門閥，不過他一直我行我素。

文學催眠

「生活多麼廣闊，生活是海洋，凡是有生活的地方，就有快樂和寶藏。」這是詩人何其芳一首獻給青年人的詩。詩影響人生，我算是一例，譬如這首詩，在中學開明版的課本上唸到，就默記了半生，奉為圭臬，離開學校，竟傻里傻氣，找職業就用何其芳這首詩做指南，哪裏能給我豐富生活，就撲向哪裏，竟不問工資。畢業後因為過去曾接受工讀位，母校有恩於我，就留在母校任教三年，三年裏，瞪大眼睛發覺每一個學生都是一個宇宙。他的內心世界，每一個都有異有同，亦有走到極端的，或在「宇宙裏」探索。學校重視家訪，因此更有機會闖進不同生活層面的每一個「獨立的宇宙」去。人，是最可探索的。那無垠的土地，亦探索不完。何其芳的一首詩，給我甘於慘淡不覺其苦的「催眠」，記得第一個月發薪，薪金袋竟是一疊收據，原來扣了飯錢、洗衣錢等，所餘是個負數，當年社會上形容這種所謂「乙級教師」的收入，是五個字：「可恥的待遇」。但我從沒有苦的感覺，改一篇周記，一次有趣的家訪，帶學生上一堂課，開一次充滿爭辯的教師備課會議，都給我興奮與趣味。後來有機會讓我把這些生活像蜂兒的花蜜般醞釀，成為散文，成為小說，在給我的刊物小園地上披露，我就高興得不得了。

奉為圭臬：把某言論或事物信奉為自己做事的依據、準則。臬，粵音熱。

風霜雨雪

這半年忽然想寫詩。記得曾經在青年時代寫過，要嘛是馬耶可夫斯基體，要嘛像冰心的「繁星」體。後來讀詩越多，越不敢執筆。到七十年代，又迷上童詩和兒歌，就結集了一本《我的兒歌》。幾次參加孩子的朗誦會，聽見小朋友朗誦自己寫的作品，就有雙耳發熱的感覺，直到有人拿我的兒歌譜曲。孩子唱得高興，反而感到這東西不能鬧着玩，以後執筆想寫，就有沉重負擔之感，於是一聲罷罷罷，就不敢再寫了。巨浪之後，有一種鬱結在心。有一位寫專欄的好朋友，說他簡直鬱結成病，發誓以後專欄裏天天寫感想。我未至於此，但自感鬱結渲洩該有個渠道，不然堵死在心內，反而有害。後來試試把它凝聚成點點文字，成為詩，寫下來也有舒和感。就這樣又寫起詩來了。發覺這數十年一直是個詩歌愛好者，很有助於遣詞用句，雖然詩心未足，也容易讓心緒借筆尖引導輕輕流瀉，也許徒有詩的外形，會無詩的慧心，不過這明顯地與青年時代不同了，以前寫下來無非是自己崇拜的詩人的影子作品，並且總犯個「露」字。如今，經過五十年歲月磨蝕，風霜雨雪，詩歌寫起來已無法明朗。晦與隱，諷與寓，都不是刻意的。古人說歌舞不足，遂以詩言志，我卻是未敢長夜泣啜，以詩舒和胸臆啊！

血肉

黃谷柳寫下他驚世之作《蝦球傳》，曾聽說過香港有電視台擬改編為連續劇。這部有豐富香港感情、人物典型而立體的佳作，若有高手編劇及導演，肯定必能哄動港粵，比現在一些即興式時代劇如《燃燒歲月》會有血有肉有靈魂。要反映大時代，沒有深刻的文藝作品做骨幹，必然是一些東抄西剽的蜻蜓點水式作品。

讀侶倫為黃谷柳著書《乾媽》的序文，知道谷柳寫《蝦球傳》之前，有過一段刻骨銘心的生活經歷，那是三十年代初，日軍進攻上海，谷柳隨軍隊開赴前線，在炮火下過了數十天驚險的日子；上海之戰慘烈，失守後他隨軍隊輾轉到南京，南京陷落他成了散兵。在日軍血腥大屠殺時，他靠一位老婆婆掩護，終化裝逃抵重慶。谷柳後來把那位老婆婆掩護他的事跡，寫成小說《乾媽》。

黃谷柳：原名黃顯襄，祖籍廣東，一九〇八年生於越南，一九二七年與家人移居香港，後來當上報章編輯，並開始發表作品。一九四七年開始在《華商報》發表以香港為背景的長篇連載小說《蝦球傳》。及後參軍作戰，最終於一九七七年病逝。

良心

花城出版社這本難得的勾沉式的單行本《乾媽》，若能出口到香港銷售，想必有一定銷路。研究香港文學者不可不讀。書內除了《答小讀者》、《我寫〈蝦球傳〉的感想》兩篇對香港文學研究有價值外，更有第一次披露的《黃谷柳生平和文學活動大事記》，這其實就是谷柳的年表，從大事記中鮮活地現出一個文藝青年的一生，而他的生命，與香港扣緊，「香港，香港！」他深沉的呼喚，如他呼喚「祖國，祖國！」文藝工作者最優秀者良心，讓他痛苦終身的，往往亦是良心，筆者以為這是與從政或從商者最大的不同，無法屈從現實、時勢，這也許是我們先天的悲劇。谷柳十九歲跟父親的步履到香港，在《循環日報》當校對，又半工讀在新聞專科夜校唸書，二十三歲即過勞咯血。七七事變投筆參軍，在戰地寫作，和平後抵港。

勾沉：指探索深奧的道理或散失的內容。

黯然

我記得很清楚，初讀谷柳的作品時我才十二歲。看谷柳的年表，我十二歲時他已經四十三歲，那是一九五一年，他已離開香港，大概到了朝鮮戰場慰問和找寫作材料去了。我捧着他的蝦球三部曲《春風秋雨》、《白雲珠海》、《山長水遠》讀得入迷，他寫的三部曲從一九四七年十一月起在《華商報》連載，到翌年年底刊完，一九四九年印行了三部曲單行本。在第三部有一個預告，說將有第四部《日月爭光》面世。谷柳顯然想繼續寫主角蝦球攀過獅子山後，從此走進人生坦途，生命與日月爭輝。作者一九四九年北上參加游擊隊去了，若說蝦球已介入作者的生命，作者以後的歲月，竟無從與日月爭光：一本寫朝鮮戰爭的三十萬字小說手稿，也在六九年親自焚毀！時勢與英雄，兩難逆料，誰曉得他要過一段頗長的黯然的日子！

解剖

寫了多篇關於谷柳的文章，言猶未盡。其實完全可以拿他來做一次「麻雀解剖」，剖析四十年代一個香港的報紙副刊撰稿人，谷柳是很有代表性的，大時代、熱血、窮困、掙扎、燃燒文字、奔向曙光、失落……谷柳於一九四六年七月開始在《工商日報》撰文，入行靠曾一度是他老師的老總在旁提攜，但十篇只有一、二篇刊出。一家六口，瀕於斷炊之苦。但仍以「稿海政策」在《工商》日、晚報及《華僑日報》發表文藝創作，除以谷柳著名外，還有筆名海星、丁冬等，到四七年十一月十日佔得《華商報》販文地盤，發表連載小說《蝦球傳》，才有稍固定的收入，而賞識他的「伯樂」，是當年《華商報》主持夏衍，小說見報，社會上引起強烈反響。一九四六年《文匯報》就刊有不少文章評論這小說，並發表谷柳的《答小讀者》。

誠意

一份新的《兒童周刊》快將誕生，這是香港兒童報刊熱的延續，確是叫人興奮。這熱潮是約半年前《兒童日報》創辦而掀動的。投資者以高薪酬延攬人材，並破天荒大做廣告，一時電視、報紙全頁把這長期被冷落的兒童文化推上高潮。跟着《小明周》以新風格亦破土而出；《文匯報》的星期日周刊《百花》亦擴大兒童頁；若干報紙都大張旗鼓辦兒童附頁。但是，那份真誠關懷兒童文化的誠意仍需受時間的考驗，從出發點看，當然不乏栽培新一代的理想，但不免有急功近利者，單單看市場調查就相信這是個廣告可開發的處女地，想「飲頭啖湯」的心理趕熱潮。缺乏誠意及銳意在兒童心田栽種的精神，都會在時間考驗下應了「路遙知馬力」的老話。做兒童報刊，首先要相信兒童文學的獨特性。

《兒童周刊》：原稱《號外兒童周刊》，於一九九〇年創刊，每星期出版一次。一九九六年改名《明報兒童周刊》，後於二〇〇八年停刊。

《兒童日報》：一九八九年創刊，每日出版一次，但約一年後便停刊。

高雅

兒童報刊的內容有資訊，有故事，有圖畫及攝影，也可旁及孩子的父母，有家庭同讀、同樂的內容。這是四個重點，從方向上看，可以搞得低俗，用流行漫畫頁為主充佔版面，不外是搞小點，娛樂小孩子，也可以做得雅俗共賞而以高雅為主流。當然第二個方向最可取，關心孩子的人一直誠心等待有一份高質素的兒童刊物的出現。難度在於經濟來源是否充裕及錢是否用到抓着專門人才上。如果有一擲百萬金的景氣，就必要有兒童文學家的策劃，否則，以為有錢要辦好一份雜誌還不容易嗎，那就忽略了兒童文化藝術的出奇重要的獨特性，掌握不到它的獨特性，用成人一套想當然去編，編出來也不免不倫不類，沒有投中兒童所好，「孩子」是個統稱，這集合名詞細分有學前、低幼、中年級、高年級、少年等階段等。

幽默

「幽默小品」是值得提倡的文藝品種，它有點似「脱口秀」，有點似單口相聲，它滑稽不流於低俗，以引發會心微笑為上品。香港寫專欄的人，因為要日日出爐小點，難得精心炮製，常常只是「筆緣」，執起筆，隨想隨寫，字字隨緣、隨意流於格子上，因此除非作家本身有通體的幽默細胞，否則幽默不起來，發洩（説得好聽一點是抒發）情緒能發得恰到好處，已算是佳品。不過，我仍然能欣賞到一些專欄作家寫出一些上等的幽默小品，每次為之莞爾。我想學，努力抓住一個城市熱門話題，寫一點嬉笑式諷喻文字，但發覺真不容易。「尖酸刻薄」，都要一種高技巧，現在既然潮流興「搞笑」，「幽默小品」説是「合時水果」，亦發出豐盛人生的主要一節吧。

底層

為了寫一點報告文學，西德一位作家瓦爾拉夫把自己從四十三歲化裝成二十六歲樣子，並冒稱是土耳其移民，到處去找最低層的工作，一嘗社會低層的生活。後來，他寫了一本書，就名《最底層》，一九八五年十月出版，頭兩周就售出六十四萬冊，到一九八七年二月，光是德文版已沽出二百三十萬冊。瓦爾拉夫厲害的地方在於他每到一個「活地獄」工作，還偷偷錄了音，錄了像，把欺壓勞工的真實情形以音、影記錄下來。書本出版後，這位作家備受攻擊，有人要控告他假冒姓名，濫用職權和誹謗罪等，但他得到西德大部分作家支持，每次都化險為夷。一家鋼鐵廠老闆向法院起訴，要求刪除該書內部分內容，期間廠方向工人施加壓力，阻撓他們出庭作證，這新聞哄動西德，官司打下去。好的報告文學對社會發生巨大的力量。

西德：一九四九至一九九〇年間，德國曾分裂成東德和西德。

真摯

最近，我一口氣讀完了秦牧的《答謝和自白》，深深感到既感情真摯，又氣勢磅礴。其中一段答某雜誌問，概括了作家數十年的操守和文學人生的觀點，答得真好。這回答是這樣的：「我最珍重的品德是：尊重真理。我最厭惡的是：恃勢凌人，作威作福。我對不幸的理解是：甘於當奴隸。我的座右銘是：學習，前進。我對幸福的理解是：對人民事業有所貢獻，又受到人民的愛護。」

這段珠璣的語言，如果按着秦牧五十年的文學道路再加咀嚼，尤見其深沉。一句尊重真理，由他來說，何止千鈞之力！數年前筆者到廣州，有幸隨陳伯吹先生到他府上去造訪，他與夫人來迎迓。屋內陽光一室之外，就只有幾件必用的家具，卻是滿眼書籍和雜誌，桌上堆了不少寄來的書刊，有的還未拆封。我早聞秦牧與夫人紫風簡樸的人生，卻不知道書齋亦何其簡樸。今讀他的《答謝與自白》，一位可敬的前輩作家如在眼前——豐厚的人生，珠璣的言語，深沉的見地，卻是簡樸的包裝。

無垠

曾聽一位在學校裏做學會輔導的教師説，他連續五年做天文學會的輔導人，他發覺學生只要從望遠鏡裏多看幾回，都會被寬闊無垠的宇宙所吸引。他們探知宇宙的無窮、無盡、無時間感，都很容易心中升起對永恆的追索。學生一旦有了更開闊的視野，人生的路就會步向光明。起碼，天文愛好者不易為雞毛蒜皮的事煩躁，不會加入無聊、八卦的圈陣。友人的經驗曾幫助了我教導兒女，年前某大出版社推出幾本精裝的講天文、講新科技和自然界奇觀的書，價格不菲，但我想其他方面省一點，這些圖文並茂，印刷精美的書不能不買，放在家裏，閒時翻閱，與兒女共賞，談天説地，該是助他們擺脱低俗文化纏繞的不着痕跡的指導方法，因為，在美麗的照片裏，蘊藏有永恆的真理。

慈父

美國名作家馬克·吐溫有三個女兒，據說，在家庭裏，他一派慈父作風，舐犢情深，讓家庭充滿樂觀、幽默的情趣。馬克·吐溫喜歡跟女兒說話，問她們學校遇到什麼有趣的事，今日老師心情好不好……女兒說得津津有味，他聽到什麼能夠觸發他文思的，都立即拿起筆記下來，這習慣亦影響了女兒，他女兒也有拿着本子做各種摘錄的習慣。馬克·吐溫與女兒溝通的辦法，是互相說故事，他即興杜撰一個故事，叫女兒拿着畫冊，隨意繪畫故事裏的人物、動態；接着，又由女兒也即興說故事，互相交換講故事和聽故事的樂趣，父女情因而融融於兩代之間。這幾天香港人在過父親節吧？兩代間如何感情交融？也許馬克·吐溫與女兒相處的故事，可以借鑑。這一代，需要的是慈愛的父親，而不是嚴厲的父親哩！

故事

啊，故事，STORIES！它營養我們一生，為我們打開信息大門，它使我們的精神世界進入多個層次去。我們心中靈魂常常靠它，沒有它來感動我們的靈魂，靈魂就會乾枯，沒有它來吸引我們的孩子，孩子就會視閱讀與學習為畏途。沒有它，電視節目幾乎不足觀，電影院都要關門。故事之於人生，就如空氣之於人，一個沒有半個故事流傳的社會，能不窒息？正因為它的存在這麼自然，又那麼充分，人們都沒有好好給它一個重要的位置。創造故事的人或採寫故事的人，若在香港就不會有富裕的生活。這個世界能有一塊給故事手或小説作家、劇作家以崇高地位的地方，必然是一塊世外桃源。而且，還有拙劣故事驅逐優良故事的趨勢，譬如販賣淫邪的故事，立即換得鈔票，而描寫高尚心靈的，就要作者苦苦求售了。

訊息

這是一個怎樣的訊息時代？有時面對影像的世界，畫面直接從瞳孔輸入大腦，如此豐富多彩，直截了當，我們只會生產文字的人無法不感到迷惘。以後，幾十萬字的經典性長篇小説誰會去看？少年時讀《靜靜的頓河》、《遠離莫斯科的地方》，或者讀《林海雪原》、《保衛延安》，都是幾十萬到百萬枚小螞蟻般的字堆砌成的，但是，那些黑字白紙，卻曾帶引我進入一個感情洶湧的世界，一個個有血有肉的人物都可以從思維中立體地在腦際顯現，讀到高潮處，血脈賁張！但是，當電視以畫面表達了，人們還會去看這些書麼？文字訊息帶出藝術的深層，以後只有極少數人去欣賞，毋寧説是人類的文化悲劇。文字目前「自救」的方法，是通過各種平面設計與七彩插圖去烘托，否則再好的文章都看似乾巴巴了。

跟進

電台播出的聲音，除了音樂，凡說話的都理應和文字一樣，面臨影像的挑戰。現在聽電台廣播，就強烈感到發聲者千方百計在爭奪人，爭奪人去接受「口述」這媒介形式，方法顯然是靠生活化、惹笑式、帶衝擊性以及現場感。當「馬路天使」式的介紹交通消息出籠，我感到聲音這傳播媒介的無奈——為了要人選擇它，接受它，就不管一切，硬的都化軟，消息性的都賦予娛樂性的成分。有人擔心，他日電台報告新聞，都要加上戲劇化、娛樂性的包裝。文字與說話比較，說話可從語調帶出韻味，可以有背景音樂與其他聲音效果加強其吸引性。但文字呢？文字工作者或作家似乎仍沒有細緻深入地研究，面對訊息革命的年代，從符號演變至今日的文字，也要怎樣跟進改革呢？看來，類似的「跟進研討會」起碼於「下期」舉行吧？

何必笑他傻

讀蘇聯科普文學大師別萊利曼的作品，談到「傻螞蟻」的事，螞蟻的傻瓜舉動表現在搬運上——幾隻乃至幾十隻小螞蟻，合力搬運一條殭蟲回洞裏，但是，牠們總要擾擾攘攘，花上很長時間，才找到回巢的方向。別萊利曼觀察所得。螞蟻沒有天生的力學經驗，不像鴿子，有天生的地磁經驗，會分辨南北；也不像蝙蝠，有天生的接收超短波經驗，能知道前途無阻。螞蟻欠了力學奧妙的研究，因此，螞蟻羣各自啣着要搬運的東西的一角，有的拉它向左走，有的拉它向右走，有的拉它向前走，有的拉它向後退，這樣，物品被拉動得忽前忽後，忽左忽右。一些負責監工的頭目可頭痛了，一忽兒向這邊的螞蟻耳語，一忽兒向那邊的螞蟻吶喊，一些螞蟻又頻頻改變站立位置，一直到找得一個力學上的正確分力，使東西搬動向着回巢的方向走，才由監工頭目一聲令下，按照這樣子移動，所行走的方向，完全是一個「分力」的結果，而並非萬眾一心，作用力於同一方向，有不少螞蟻其實所用的力，是在阻撓前進的方向。讀了這段書，我常常被螞蟻搬食物的情景吸引，發現那情景一如別萊利曼觀察的情形一樣。

何必笑牠傻？所謂時代巨輪，也是人羣裏各種不同方向作用力產生分力的結果！

長鼻

《木偶奇遇記》裏的主角匹諾曹，其中一段描寫他可寫得真有趣——每當他說一句謊話，鼻子就會自動長一點。仙女問他：「你的四個金幣放在哪兒啦？」他說：「我丟了！」其實金幣在他口袋裏，鼻子立即長了兩指兒。「你在哪兒丟的？」仙女再問。「在附近的樹林裏嘛！」匹諾曹說着，鼻子又更長了。後來，他發覺不能自圓其說，改口了：「呀，我記清楚了，我剛才喝那杯藥水的時候，不小心吞……吞下肚子裏去。」鼻子隨即長到快碰到牆壁，一轉頭就會打着桌上的花瓶，頭輕輕一抬鼻子就撞到天花板……

每次我給孩子說故事，說到這兒，孩子都會下意識地摸摸自己的鼻子。嘿，孩子都可能說過謊話，難怪他摸摸自己的鼻子，擔心也要像匹諾曹那樣。以後聽見孩子說謊話，我說：「請摸摸鼻子呀！」

滿足

我從小就喜歡給孩子講故事，發軔自環境所逼。小學時凡考試完後，總有一周的課堂仍要繼續，而老師已把課本教完，考試亦結束，這些「空堂」，常常是「故事時間」，有時老師講，有時讓同學講，講台皆成了「自由論壇」，只是並非議論什麼，而是讓同學滿足一下發表慾，講故事自然是孩子優為之事。我常常是最受歡迎的一個，同學愛聽我講故事。及至中學，那是一家寄宿學校，有數百個學生，其中部分星期日亦無家可歸，要靠「舍監」帶領度假，後來，偶然機會「舍監」發現一個低班生的「簡易度假法」，就是向他們講述故事，當老師知道我講故事頗為吸引聽眾，就幾乎是欽定，每周一講，讓我自由發揮，講一至兩個小時。又加入自己的「爆肚」，揉合成「改編裝」的故事，果然滿足了人，亦滿足了自己。

發軔：借指事情的開端。

硝煙詩情

影響我最早的詩，竟是駱賓王的《詠鵝》。這故事近年我不停地向學生講，幸而不同的聽者，都有新鮮感，並得到深淺不一的回應。那是我剛懂事，會記憶的童年時代。我家住在駱克道，對面有一間學校，名叫「敦梅」，是以校長的名字做學校名的。當時是日本仔侵進香港的第二年吧，盟軍的飛機不停地轟炸灣仔，因為不遠處就是海軍船塢，大抵日本常有軍艦泊在那裏之故。有一次，轟炸暴起，屋搖地動，並有塌樓和玻璃碎裂的聲音貫耳。當「嗚嗚嗚……」的解除警報聲響起，就聽見街上有人疾聲呼喊：「敦梅學校中彈啦，學校被炸啦！」我母親聽見了，飛撲出家門去，良久，她回來了，背後扛了一袋東西，她翻出來，有陣陣硝煙氣味攻鼻，母親一臉喜色，說：「幸好今日禮拜，學生沒有來上課，但可憐一個老校工被炸傷了。在瓦堆裏翻出一點書呢，聽說炸中圖書館附近，一地是沙石混着的書，真可惜。」我印象深刻，母親合起書，告訴我，這是前人的古詩，詩的下一頁刻有圖畫，是一本供兒童讀的古詩選，我翻一頁，看見一頁有天鵝浮在水波上，長長的頸成S形，曲起向着天。

美麗極了！那時沒有彩色圖畫的觀念，偶得一本刻有圖畫的書，已十分珍貴。

春意蕩漾

日治時代物質奇缺，母親從塌樓的瓦堆中拾得這本書，如獲至寶，我更好奇地細細翻閱，又嚷着要母親唸給我聽。「鵝鵝鵝，曲項向天歌，白毛浮綠水，紅掌撥清波。」唐代詩人駱賓王的《詠鵝》，從慈母口中琅琅而出，我一下子被懾住了，我已經能意會詩中的良辰美景。白白的羽毛，藍藍的天空，綠綠的水波，照着彎曲起的圖形，更有紅紅的鵝蹼，撥起清清的水波，母親略略解釋，我已經像久旱遇甘霖，書本是最可愛的——這觀念從此印入心版。這些從戰火中搶救回來的書，伴着我度過童年，頭一年我其實一個字也不認識，卻有原始人崇敬圖騰的感情。日本戰敗，香港重光後，母親忙把我送入修復好的敦梅學校唸書，七歲唸一年級，書簿之中，赫然有我已擁有的載有《詠鵝》的那一本書，一年班的莫錫瑚老師教我們，這本是《兒童詩歌教本》，我天真地舉起小手瓜，嚷着：「我學過了，我學過了！」莫老師驚訝了，叫我讀，我合上書，就背誦：「鵝鵝鵝，曲項向天歌……」但我背到第三句，就口吃地沒法背下去，不過，莫老師已經給我讚賞，這一讚，我更從心底裏熱愛這門功課。真的，四十多年過去，我閉上眼還可以想像那本書是怎樣子的，愛唸詩歌更成了興趣。

我唸大堰河

我唸中學的時候，新中國剛成立，於是，就輕易接觸到大量新詩，那年代似乎誰都會背誦幾句蘇聯馬雅可夫斯基的作品，還有艾青的、田間的、聞捷的，這些節奏明快的詩，除了給我們帶來黎明的訊息和新土地建設的喜訊，還給我們一份時髦感，譬如以能寫幾句梯級式的「田間」體為樂。還記得寫給一位心儀的女孩子的信，就是以梯級式完成，有一句依稀是：「你的／鬢髮／絲絲／我看透／紅的蝴蝶／不如／換上／青青的草結……」三兩個字就一跳，似乎也表示青年人心的躍動，對待朦朧的愛情，那怦怦的心跳。還記得那一年夏天，到九龍一間名叫「學友社」的青年人團體，參加他們一次詩歌會活動，現在的名人司徒華，正是昔年這詩會的主持人，回想起來該是三十多年前的舊事，派發下來的詩歌講義，那發黃的白報紙上，印着油墨仍未乾的行行新詩。那一次，我認真地讀到艾青寫的《大堰河，我的母親》這首長詩。那詩會我想是十分成功的，因為一羣青年人，經一位講者、兩三位回應後，對詩的含義都有深層的了解。於是，後來大眾再集體朗誦時我不禁含着淚。「大堰河今天，你的乳兒是在獄裏，寫着一首呈給你的讚美詩，呈給你黃土下紫色的靈魂……」

我是魯迅迷

魯迅先生是我永恆的偶像。他學生時代在照片後的勉詞——我以我血薦軒轅，我奉為圭臬。以後我狂讀他的作品，我能背誦他的散文。當我知道亦舒用魯迅著名的雜文集《朝花夕拾》做她的小說書名，我覺得太無稽了。後來她在文章中屢屢推崇魯迅的作品，知道她也是個魯迅迷，心中也就釋然。時下有些人用他的歌星偶像做兒女的名字，道理大抵相同。魯迅先生終其一生，獻給文學藝術，無私地扶掖年輕人，推崇一切所生事物，待友真誠——單是他與內山完造的友情，就可譜成最好的友誼曲。

魯迅嫉惡如仇，一切欺壓百姓的當權人物，他都必對他們極盡諷刺之能事。我想《紀念劉和珍君》一文應該使一些人讀後慚愧！魯迅表裏如一，沒有陰一套陽一套，他的文品、人品可推崇的可多呢！

我有幸到上海時遊覽虹口公園，在魯迅巨大的石像前鞠躬。在魯迅紀念館裏我流連半天，看到他的手稿，與友人的深厚友誼紀錄等等，最近香港藝術中心舉辦「凱綏．阿勒惠支版畫展」，這本版畫選集，我早在紀念館買了。多麼親切，因為卷首有魯迅的序目。

我是個快樂的大孩子

有一個時候，我早上起來，喜歡對鏡子傻笑，說：「我是個快樂的大孩子。」

我叫老妻做「媽咪」，常常「媽咪」前、「媽咪」後，妻笑我比兒女還嬌嗲。我自問沒有「戀母」傾向，但叫一聲「媽咪」怪舒服的。

在兒童文學寫作上，一般有兩種方法，一種是「回顧童年」，一種是「回到童年」。「回顧童年」就是仍保留成人的心態、思想去為兒童寫作，這種寫作方法，常常是作者有一個野心，希望不但小孩子讀他的作品，成人也來欣賞。典型的是林海音的《城南舊事》。英國名作家王爾德寫了一些童話，如《快樂王子》，也是用「回顧童年」的寫法去寫。

赤子之心不可無。你與兒女「癲」在一起的時候，就去領受這份感情吧。

什麼是赤子之心？我想到有以下幾點。

第一、脱去虛假的面罩，以赤誠待人。

第二、不要老是「滿肚密圈」，不妨有時把問題看得簡單一些。

第三、踢踢波，跑跑跳跳，親近大自然。

第四、熱愛家人，親親切切，不做「大父親」、「大母親」。

第五、挽着你朋友的手去遊山玩水，像童年時拖着小朋友的手一樣快快樂樂。人與人的手是應該挽着、握着的。不要認為別人的手都有荊棘。

有的人也許認為幼稚，認為這樣做會吃虧。那麼，願你有一天與「赤子之心」和解。

改弦

我其中一個身分是書商，友人都知道，但自問此「商」，常常人棄我取，例如做詩刊的發行人，出版詩集，為過去光輝今日平淡的老作家出作品集，為一些被遺忘的兒童文學優秀作品翻新，為第一本書的寫作人出版處女作集。香港一些現役的名作家，第一本書是我出版的，我常引為安慰。這些書風險大，不是利之所在。凡這類作品，我聲明因為你急於出版，我願意服務，因此凡未能銷過一定數量的，稿酬只能以書代替，送你一、二百本你的作品如何？這樣做，絕大部分作者均樂意，但過了七、八年下來，有一個半個人，一直在四處詛咒我，說我吞去其稿費。對此過去我一直不言，亦不辯。只歎留得清白在人間實不易。亦因此我只好改弦換轍，凡出版處女作，請百分之一百自費，我只代勞發行。

不會擱淺

詩歌在書類中，常常是最不易售出的，特別是新詩人的作品。但我還是為詩的推廣做一點我能力做到的事。六年前我邀中文大學中文系講師黃維樑先生主編《山邊詩集》。由他邀請一些有代表性的年青詩人結集出版，當時許願每年出版一本，六年過去，出版了三本，第四本在排印中。第一本是黃國彬的《翡冷翠的冬天》，第二本是王良和的《驚髮》，第三本是胡燕青的《日出行》。待出的是羈魂詩集，仍未命名。這四位都是香港詩壇崛起的一代，而且步履穩健，詩風可人。年終看看貨倉，前前後後，推出去的有近千本了。詩歌因為要吟味和咀嚼，在文學低潮的世代，這種在大腦中幾番迴旋的文字信息推廣不易，是在意料中事了。但是，敢說人生沒有了詩，就是人生渡航中一次擱淺。古詩廣泛地在人們的口頭語中出現；在社會有重大事件發生時，詩在每一個人的心裏，進而抒發為吶喊與口號，在鼓舞人生繼續挺進。雪萊的一句「冬天到了，春還會遠嗎？」魯迅的「橫眉冷對千夫指，俯首甘為孺子牛。」都是不斷地在人們心中、口中迴響。唐詩大量的章句，已經融溶在我們的日常用語中了，例如：「你淡妝濃抹，都很好看呀！」蘇軾的詩句已嵌其中。

羈魂詩集：該詩集後來命名為《山仍匍匐》，一九九〇年出版。

送出鼓勵

我緬懷多年前曾以葉芷的筆名替香港一份報紙編輯一版副刊的往事，版名「談文說藝」，是面向校園的，逢周日刊一次，容納學生來稿。為此，我有機會每周閱讀大量來自港九不同學校的作文習作，卻也惹來家人的埋怨——何苦來哉，深宵伏案，夜眠遲遲。

我的心情也是矛盾啊，一面希望來稿勿多，以免負擔加重；一面渴望來稿踴躍，以證明我編的這版受到讀者歡迎。那是我一份業餘工作，逢周六下班，總得攜一個大袋到荷里活道去，報館內管收發的女士常打趣說：「聖誕老人來了！」真的，漸漸來稿驚人（要知道香港可容納青年學子發表文章的園地萬頃竟無一寸），我居然笑盈盈的背個大袋像個「聖誕老人」。透過閱稿與刊出，我相信是送出了給學校裏一羣羣創作慾躍動不已的讀友以鼓勵和滿足。

寫作於青年人是一種自我表現，有時又是尋覓傾聽者的搜索，是情緒發洩的一條渠道；運用語文、鍛煉邏輯力倒是旁人對他們的要求。在學校裏面對作文課，我主張先不作語文教學處理，當作老師與學生通訊如何（評語欄就是回郵處）？當作是闢一角由得他們喁喁細語如何？當是出版書刊，由他們參與如何？是以字詞做原件，他們在砌模型、疊積木；又或如美術課容許孩子情緒表現的塗鴉可以嗎？我以為讓作文課活躍起來、以多種多樣的方法去引起學生的作文興趣是非常必要的。

我重視作文卷派發當天的總結堂，利用機會大事表揚，例舉該次作文中發現的佳句，感情豐富地朗讀高分的習作，把好的文章經謄寫後貼堂。有時請班裏美術好的同學給一些好習作設計一個封面，然後把它釘成一本書的樣子供大家傳閱，鼓勵學生投稿報紙上的校園版……方法多一點，為的也是送出鼓勵和予他們創作慾的滿足啊。不過我也是個收穫者——漸漸欣賞到學生習作中有更多好文章，我得到的是成功感的滿足。

經典書房

何紫散文精選集

作　者：何紫
插　圖：李成宇
責任編輯：陳友娣
美術設計：何宙樺
出　版：山邊出版社有限公司
香港英皇道499號北角工業大廈18樓
電話：（852）2138 7998
傳真：（852）2597 4003
網址：http://www.sunya.com.hk
電郵：marketing@sunya.com.hk
發　行：香港聯合書刊物流有限公司
香港新界大埔汀麗路36號中華商務印刷大廈3字樓
電話：（852）2150 2100　傳真：（852）2407 3062
電郵：info@suplogistics.com.hk
印　刷：美雅印刷製本有限公司
九龍觀塘榮業街6號海濱工業大廈4字樓A室

二〇一七年六月初版
二〇二〇年七月第三次印刷

ISBN: 978-962-923-447-8

18/F, North Point Industrial Building, 499 King's Road, Hong Kong
Published and printed in Hong Kong